Luque 687

Luque 687

Visitas al ayer

Carmela Escobar

www.librosenred.com

Dirección General: Marcelo Perazolo
Diseño de cubierta: Lucila Avalle
Diagramación de interiores: Javier Furlani

Primera edición en español - Impresión bajo demanda

© LibrosEnRed, 2013
Una marca registrada de Amertown International S.A.

ISBN: 978-1-59754-968-4

Para encargar más copias de este libro o conocer otros libros de esta colección visite www.librosenred.com

Con amor a mi esposo Lukasz, mis hijas Sofía y Gabriela por estar siempre a mi lado; con gratitud a mis padres, Eleazar y Luisa, y a mis hermanos, María Luisa, Rocío y Miguel, por apoyarme a lo largo del camino.

I - Tremendo hallazgo

Mi padre estaba decidido a encontrar la casa perfecta para su familia. Había trabajado sin parar, sacrificándolo todo: familia, salud, todo. Era el momento apropiado para, finalmente, vivir con comodidad sin tener que amontonar a sus dos hijas en un solo dormitorio tan estrecho en el que, con las justas, cabían sus camas. Pensaba que estábamos creciendo y que nos haría felices vivir en una casa más amplia y nueva. Se desvivía por nosotras y por su amada esposa, Amparo. La casa de sus sueños tendría que ser grande, con un jardín interior, y lo que no quería era que oliera a viejo. Pasó semanas buscando por todo Trujillo. La ciudad entera sabía que Don Remigio Cárdenas andaba buscando casa. Los agentes de bienes raíces se peleaban por él, sabían que mi padre era un buen cliente. No importaba lo que le ofrecieran, ninguna casa le satisfacía; si no era la ubicación, era la casa en sí, nada le llenaba a plenitud. Pero un día, caminando por el Jirón Hernando de Luque, llegó a la esquina que daba con el Jirón Emancipación y encontró lo que tanto buscaba: la casa de sus sueños... Bueno, no exactamente. La casa era un desastre: era una casona muy fea, deshabitada, sin cristales en las ventanas. Lo que realmente le había cautivado había sido su ubicación.

Al enterarse de la decisión de mi padre de comprar esa horrible casona, mi madre se molestó muchísimo con él. No comprendía cómo un lugar tan horrible podría representar el lugar ideal para su esposo. Discutieron mucho, y mi madre prometió a su marido que nunca se mudaría allí con sus hijas. Lo que no sabía Doña Amparo era que su esposo nunca habría esperado que vivieran en los escombros; porque desde que vio la casona, había pensado de inmediato en demolerla por completo y construir en su lugar una hermosa casa nueva, grande, de acuerdo con los sueños y exigencias de su querida esposa.

Los próximos meses transcurrieron velozmente, al igual que el desarrollo de los planos de la nueva casa de la familia Cárdenas Pantoja. Varios arquitectos condujeron un pequeño concurso para adjudicarse el proyecto de la casa en Luque 687. Yo tendría unos dieciocho años cuando la visité por primera vez; bueno, por lo menos el lugar donde la nueva casa sería construida. Fue un día de verano, el sol quemaba muy fuerte, había un olor profundo a jazmín, y yo, de la mano de mi hermana Elena, acompañé a mi padre a visitar la casona. Desilusionada pero tratando de no herirlo, pretendía estar muy contenta con su hallazgo.

En la escuela, las muchachas se enteraron —como siempre sucedía con cualquier noticia en la ciudad— de que nuestra familia había comprado la casona en el Jirón Luque. Una de las chicas me lanzó un papelito y luego se hizo la despistada. Al leerlo me sentí confundida; decía: "Graciela Cárdenas va a tener su propio tesoro cuando viva en la casa embrujada". Sabía que se estaba burlando de lo fea que era mi casa, pero estaba curiosa de saber a qué tesoro se refería, o si simplemente había sido una elección casual de palabras. Conversando más tarde con mis amigas, les pregunté si sabían algo de mi casa. Pilar, que era muy aplicada, me dijo que había escuchado que existía una leyenda sobre un tesoro que había sido escondido en ella. También me dijo que se contaban todo tipo de historias de horror sobre la casa, que nadie quería pasar de noche frente a ella, que hablaban de aparecidos, almas y fantasmas. Contaban que, cada vez que tenían que pasar frente a la casona cuando era de noche, cruzaban a la acera del frente y pasaban corriendo a toda velocidad. Otros muchachos tenían más miedo todavía y evitaban la cuadra donde se hallaba. ¿Por qué habría tanto alboroto alrededor de una casa? Bueno, tampoco es que fueran muy exagerados; el aspecto que tenía era perfecto para una película de terror, especialmente porque estaba abandonada, y las matas y plantas habían crecido por todas partes, lo que aumentaba su mal aspecto. Pensé que la gente sacaba todo tipo de conclusiones al no tener una respuesta a sus preguntas. ¿Y la parte del tesoro? Ella no me había dicho gran cosa sobre él; simplemente que se hablaba de que había uno escondido en la casona, pero no me dio detalles sobre lo que se hablaba. ¿Habría documentos que pudieran probar los rumores? Bueno, en esencia de eso se trataba, de rumores. De cualquier manera, lo que me contó mi amiga sembró curiosidad en mí, al punto de inspirarme para escribir una historia durante la clase de Literatura. Nos pedían que escribiéramos de trescientas a quinientas palabras. Mi historia terminó conteniendo más de mil palabras, sin contar con el glosario que puse al final. Describí los distintos mapas hallados en la supuesta casa de mi historia; hablé de piratas, ladrones, pociones mágicas, de personajes malévolos y misteriosos. Era increíble cómo un simple rumor podía producir semejante historia. Disfruté mucho escribiendo y esperaba que mi maestra disfrutara tanto como yo al leer lo que había inventado. Esperaba poder recibir mi cuento algún día, porque era algo que quería conservar. Al salir de la escuela, cuando se me pasó la emoción de lo que había escrito, recordé lo que Pilar me había contado y corrí a casa a contárselo a mis padres. Les hizo gracia la historia, pero no le dieron la mayor importancia. Yo, por mi parte, tomé muy en serio la cosa. No me pareció nada descabellada la idea, sobre todo por la apariencia de la casona. Visitaba el lugar de día y de noche. No tenía miedo. Sí se trataba de una casa vieja, en mal estado, pero no me hacía sentir temor, para nada. Varias veces tuve que evadir a los arquitectos que se preguntaban qué tanto quería en el lugar. Y fue un día de esos —cuando me preparaba a regresar a casa porque estaba oscureciendo— que encontré, con la ayuda de una pequeña linterna, una cajita pequeña de madera tirada entre los escombros, lista para ser puesta en el camión de desmonte. La cubrí con un suéter que tenía y corrí a casa. Al llegar a mi habitación, la limpié con cuidado; se trataba de una cajita muy hermosa, tallada de manera muy fina sobre una madera muy delicada, y hasta tenía pequeñas gemas rojas en las esquinas. No tenía un candado ni nada que la asegurara. La abrí con cuidado y me encontré con unos pequeños pergaminos enrollados; eran del tamaño de la palma de mi mano. Los desempolvé con cuidado para no arruinar la escritura que tenían sobre ellos, tampoco quería romper el papel del que estaban hechos. La caligrafía en ellos era muy elaborada, era español pero muy difícil de entender. Lo que pude ver de inmediato era que se trataba de escritos del año 1552 y que cada uno de los pergaminos, que eran once, estaba firmado por un tal "Fernando de la Piedra y Arévalo". Quise hacer parte de mi hallazgo a mi familia, pero pensé que quizás debería ver primero de qué se trataban los manuscritos; además no estaba segura de que mis padres aprobaran que hubiera estado merodeando el lugar sin su permiso. Habrían estado furiosos al saber que había pasado horas en el lugar de la construcción, inmiscuyéndome en lo que no me importaba; eso definitivamente era algo que no les agradaría. Por ahora, los rollitos serían mi secreto; más adelante ya vería qué hacer con ellos.

Un día que venía de la escuela, entusiasmada con trabajar en mis pergaminos, me llevé la sorpresa de que Elena había estado jugando en mi habitación y tenía todo tirado en el piso. Había sacado mis cosas de mi armario. Inmediatamente pensé en mi secreto. Le pregunté dónde había puesto lo que había encontrado en mis cajones. Trataba de actuar de manera de que no se diera cuenta que ocultaba algo así que intenté no alterarme, aunque estaba furiosa. Elena me dijo que había puesto mis cosas en el baño, en la bañera. ¡No podía creer que mi hermana hubiera sido tan tonta y tan poco considerada! Esperaba encontrar mi cajita intacta. Al llegar al baño, me encontré con todas mis cosas tiradas allí, como me había dicho, en la bañera. ¡A quién se le habría ocurrido semejante cosa! ¿Qué lugar menos apropiado podría uno encontrar para diplomas, exámenes pasados, recuerdos de cumpleaños, y sobre todo, mi reliquia? No me importaba nada más que recuperar mi caja. La bañera no estaba completamente seca, así que algunas de mis cosas tenían unas cuantas gotas de agua encima. Cuál sería mi alivio al ver que mi cajita estaba intacta, sin una sola gota de agua. Corrí a esconderla en mi armario y le prohibí a mi hermana jugar con mis cosas. Ella sabía bien cuán suave era con ella, pero esta vez se había pasado de la raya.

Los días siguientes a mi hallazgo me encontré fascinada con poder transportarme al pasado de manera tan personal. No era leyendo algún texto escrito por un extraño, sino que sentía estar emparentada con Don Fernando de la Piedra y Arévalo por el hecho de que hubiera vivido, en el pasado, en la que ahora era mi casa. ¿Qué habitación habría tenido? ¿Se habría desvelado como me desvelaba yo cuando tenía demasiadas cosas en qué pensar? Me prometí trabajar duro para poder entender lo que los pergaminos decían. Seguramente tenían un significado especial y querían decirme algo. Todas las noches me volcaba a leer los pergaminos y buscaba incansablemente una manera de saber más sobre los personajes que Don Fernando me presentaba. Visité la biblioteca varias veces y traté de leer a distintos cronistas –uno de ellos era Bartolomé de las Casas– para entender lo que estaba leyendo. Aprendí mucho sobre crónicas y escrituras antiguas. Por ejemplo, las "enes" estaban invertidas, y muchas veces había vocales de más, como en la palabra "coronica", y las tildes no existían. Y, como nos habían enseñado en la escuela, muchas palabras que ahora llevaban la letra "h" en el pasado se escribían con la letra "f", como por ejemplo la palabra "fermosura", que ahora es "hermosura". Ordené los escritos según las fechas que databan de 1552, 1553 y 1554. Tenía que lidiar con polvo de mucho tiempo, y la tinta se había corrido por todo el papel. También advertí que tratar de leer lo que estaba escrito era una cosa, pero interpretar lo que quería decir era otro trabajo más duro todavía. El producto resultante de mi interpretación sobre lo que Don Fernando parecía querer decir era un texto cursi; bueno, por lo menos eso me parecía a mí.

Me pareció curioso que, justamente cuando me pasaba la vida interpretando líneas, nos asignaron leer la *Divina comedia* de Dante Alighieri. Representaba una angustia recorrer su descenso al infierno, con todas las torturas y flagelos con los que estaba recargada cada página; pasar por el purgatorio y todas las preguntas que este encerraba para mi entendimiento; y finalmente llegar al paraíso, con tantas o más incógnitas para mi ser. Eso no era todo: lo más pesado era tener que interpretar en clase la razón por la cual Dante había elegido tal o cual alegoría o personaje y tratar de descifrar el significado detrás de sus palabras, y más aun, de sus metáforas. Además, los párrafos eran largos y pesados, casi podía sentirlos retumbar en mi cabeza; estaban escritos con destreza, pero al mismo tiempo para una audiencia que se manejaba de esa misma manera, pesada. Si tan solo pudiera enfrascarme en este mundo de Dante de la manera en que me sumergía en los pergaminos de Don Fernando. Además, la maestra de literatura era una persona muy estricta y de poca paciencia; y es que, como decía ella, no trataba con niñas pequeñas sino con señoritas, con adultos. Tanta era la tensión que el curso representaba en mi vida en esos momentos, que llegué a soñar. Por lo menos pensé en haber estado dormida y en que conversaba nada más y nada menos con el mismo Dante, que le preguntaba sobre sus personajes y por la elección de tal o cual situación. A él le hacía gracia que tratara de buscar interpretar más allá de lo que escribiera y se mostraba sorprendido de que sus lectores quisieran ir más lejos de lo que estaba en el papel. Él mismo no había querido decir más de lo que había dicho; jamás pensó que tanta gente se interesaría por sus escritos. Me invitó entonces a recorrer con él los distintos niveles de dolor y sufrimiento. Cuando me di cuenta, estaba sola; Dante ya no caminaba conmigo sino que en algún momento me había dejado, quizás para que yo misma descifrara su obra. Escuché muchos gritos, lamentos, quejidos y —aunque no me atrevía a avanzar, porque realmente no quería saber de qué se trataba todo ese bullicio— era como si los personajes, las escenas pasaran frente a mis ojos; y aunque traté de cerrarlos, vi muchas cosas que jamás habría imaginado. El color de los seres que estaban frente a mí era verduzco, tenían la piel arrugada; sabía que eran humanos, pero tenían una apariencia repugnante, como si pus emanara de sus dermis. Quería mirarles los ojos, pero no logré ver ninguno. Lo que sí vi fueron bocas y muy grandes, con dientes negruzcos y con apariencia de ser pestilentes; por lo menos algo de estos seres lo era, porque el olor que invadió el lugar era realmente repugnante. Aunque aterrada, sentía curiosidad por ver más y, como no podía cerrar los ojos, simplemente permanecí parada presenciando lo que se me presentaba al frente. No podía descifrar la razón por la que estos seres sufrían: no eran flagelados, no había fuego donde estábamos. A veces pasaban frente a mí de a uno, luego en grupos; no caminaban ni se arrastraban, sino que permanecían en su sitio emitiendo gemidos, gritos horrorosos. Todos se veían más o menos iguales. Me imaginaba que estaban desnudos, pero no tenían la anatomía humana; no vi rasgo alguno de ojos, narices, glúteos, genitales, simplemente podía reconocer las caras porque tenían bocas y unas cosas largas que se asemejaban a brazos y piernas, aunque eran más parecidas a las ramas de los árboles. Sentí mucha pena por ellos y quería comunicárselos, pero no podía moverme y tampoco emitir palabra. No sé realmente cuántos seres presencié, pero parecían miles de ellos. Vi montañas de ellos, todos apiñados, gritando espeluznantemente. Luego de este horrible desfile de criaturas, no vi nada porque de pronto se tornó todo oscuro, completamente negro, y no escuché ningún ruido, nada en absoluto. Se me puso la carne de gallina; sentí el miedo más grande de mi vida pero no sabía por qué, no había nada que me asustara. De pronto sentí el aroma de jazmín invadir todo el lugar. Era como si el perfume más exquisito del mundo se hubiese concentrado en toneladas allí donde yo estaba. No me imaginaba qué más podría suceder pero deduje que sería algo bueno, quizás se trataba del paraíso. Justamente cuando terminaba de sacar mi conclusión, pasó frente a mis ojos el pulpo, o un monstruo similar, más grande que había visto. Tenía unos tentáculos rosados, fluorescentes, y parecía que tuviera cristales incrustados en su cuerpo. Era un monstruo que cualquier otro día me habría asustado, pero que de alguna manera me gustaba y le tenía simpatía. Creí escuchar música que cada vez era más fuerte, era una melodía alegre que se repetía sin parar. Estaba segura de que este tendría que ser el paraíso o un lugar cercano a él. La música continuaba, el pulpo se movía al son de esta, y el perfume era cada vez más fuerte. Sentí que había estado mirando al monstruo por horas. La cabeza me dolía muy fuerte, no podía soportar el retumbar de la música, y el olor del perfume hacía que me sintiera peor; sentía que me iba a desmayar, más aun cuando miré al pulpo, y sus cristales me cegaron por completo. Si no fuera porque no podía controlar mi cuerpo, hace rato que me habría desvanecido. Sentía el perfume en mi garganta, aunque no podía tragar saliva, abrir la boca o hacer ningún movimiento, cuan mínimo que fuera. En algún momento decidí que no había manera de salir de este sueño, trance o locura en la que me encontraba atrapada, así que no intenté nada. No sé en qué momento el pulpo pasó a otro lugar, junto con sus cristales, su música y su perfume. No sabía qué vendría ahora. Me entraba temor anticipar mi próximo visitante, nunca acertaba a saber qué era lo que tenía frente a mí. Vi una luz azul verdosa muy fuerte, un poco como las luces de neón de los rótulos de los restaurantes. Me pareció algo inofensivo pero quién sabe, hasta ahora todo había sido muy diferente de lo que estaba acostumbrada a ver. La luz era intermitente, constante, pero intermitente. Al comienzo me gustó, me dio la esperanza de que esta vez sí se trataría del paraíso pero, luego de un rato, el prende y apaga me mareó al punto de causarme unas náuseas terribles. Claro, no podía vomitar porque me imagino que mis intestinos no se movían al igual que todo el resto de mi cuerpo. De pronto vi manjares en bandejas enormes, se veía que se trataba de comida deliciosa: fruta fresca, postres de todo tipo, carnes, aves asadas, fritas, salsas, especias, caramelos, de todo. Era un banquete que pasaba frente a mí, pero un banquete enorme, el más grande y variado que uno podría imaginar. No solo era una vista impresionante, sino que el olor de tan suculento festín era increíble. Nuevamente creí sentir el sabor de los potajes en mi garganta. ¿Sería mi imaginación? Parecía como si todo lo que presenciaba pasara en una banda mecánica para mi escrutinio. ¿Cuánto tiempo transcurriría? No tenía la menor idea. En un momento y de improviso, las imágenes frente a mí parecieron cambiar. Fijé mi atención sobre el banquete y me di cuenta de que la comida que ahora pasaba sobre mí tenía otra apariencia: si eran carnes y aves, estaban crudas, y si eran verduras y frutas, se veían putrefactas y malolientes. La presentación de los platos era la misma, muy hermosamente decorados como si se tratara de manjares cuando no eran sino inmundicia. Esta vez pensé que mi estómago se revolvía pero seguro que era mi imaginación, porque me encontraba completamente paralizada. Estaba agotada con lo que me había tocado presenciar. ¿Dónde estaría

Dante y por qué me habría dejado allí? Al terminar de pensar todo eso, escuché el canto de un coro que sonaba como si se tratara de ángeles. Ahora sí tenía que tratarse del paraíso. Esperé en vano que algo sucediera. No tengo idea de cuánto tiempo permanecí mirando lo que parecía ser una nada infinita, un vacío universal. Creí ver neblina o algo similar, pero no logré vislumbrar nada más allá de ella. Cansada de intentar ver detrás de lo que parecían ser nubes, se me acercó, a casi a un centímetro de la cara, una paloma blanca con unos ojos enormes. Sin más, me picó la nariz y me hizo reaccionar. Estaba en mi habitación, sentada, con la cabeza reclinada sobre mi libro de Dante.

Ese sueño, o delirio, me hizo reírme un poco del asunto y tomar con más calma el curso. Si no me relajaba, iba a perder la cabeza, porque eso de no saber si estaba despierta o no me hizo pensar un poco en si valía la pena tanta tensión. Me di cuenta de que cuanto más temía algo y trataba de asegurarme de comprender con más ganas, terminaba perdida; pero si por el contrario, me dejaba llevar por mi instinto, llegaba mucho más lejos y acertaba con mayor facilidad y frecuencia.

II - De Berna a Chicama

Mi padre, Don Remigio Cárdenas, era un hombre recto. Aunque de muy buenos sentimientos, no demostraba sus emociones de la misma manera que lo hacíamos los trujillanos. Había venido de lejos, del viejo continente, hacía más de treinta y cinco años. La verdad es que no recuerdo exactamente cuándo me relató su vida y si fue de a pocos o de una sola vez. La realidad es que la suya era una interesante historia. Su nombre verdadero era Luc Vanherreweghe y nació en una aldea cercana a lo que ahora es Berna, Suiza, el 9 de marzo de 1903. Hasta los dieciocho años vivió con sus padres y dos hermanos varones, y fue a esa edad que sus padres, al igual que muchas familias en Europa, sufrían los estragos económicos del fin de la Primera Guerra Mundial. Mi padre anunció a su familia su deseo de viajar por el mundo para conocer otras culturas. Su madre no apoyó la idea de su hijo, pero su padre conocía bien cómo se sentía este, ya que él mismo había viajado por toda Europa antes de conocer a su esposa. Un primo de mi padre, Karsten, quiso acompañarlo y convenció a sus padres que lo dejaran ir; estos pensaban que era demasiado joven, ya que apenas tenía quince años. El día que, con lágrimas en los ojos, despidieron a Jean Luc, quien se embarcó en un navío rumbo a Centroamérica, este se dio con la sorpresa de que su primo había llegado más temprano al muelle y se encontraba sentado justamente en el asiento que a él le correspondía. Pensó que no había manera de llevar a su primo de regreso –ya que la nave estaba a punto de zarpar–, así que Jean Luc pensó que, al fin y al cabo, el viaje sería menos duro si estaban juntos. Karsten logró evadir los controles y las aduanas sin problema. Pasaron casi tres meses en altamar, sufriendo penurias por el estado en que se encontraba el barco. Karsten enfermó con una fiebre muy fuerte pero, gracias a los cuidados de mi padre, logró recuperarse rápidamente. Lamentablemente no sucedió lo mismo con Jean Luc, ya que Karsten era menos conocedor de las cosas y apenas podía cuidarse a sí mismo. Muchas fueron las noches que Karsten pensó que tendría que pasar lo que quedaba del camino solo, sin Jean Luc. Pero por favor del destino, mi padre sobrevivió y pudo llegar a duras cuestas a su destino, Panamá, donde pasó unos meses pero no logró acostumbrarse al clima tan caluroso y húmedo. Karsten se sentía a gusto y hasta había hecho amigos entre los europeos que habían llegado allí más o menos de la misma manera que ellos lo habían hecho. Mi padre consiguió convencer a su primo de que más al Sur encontrarían fortuna, porque se hablaba de riquezas que los españoles habían encontrado en esas tierras durante la época de la conquista; continuaba siendo un región muy rica. Karsten no pudo resistir la tentación y aceptó la propuesta de Jean Luc, así que ambos zarparon hacia una nueva aventura. Llegaron a la costa del Perú. Apenas desembarcaron sintieron la brisa y el cálido olor a mar, a pescado fresco. Estaban en el Puerto del Callao. No estaban seguros de querer quedarse allí; aunque se trataba de un lugar hermoso, lleno de vida, les parecía demasiado bullicioso, con mucha gente, y sobre todo porque no encontraron un trabajo que les permitiera mantenerse. Trepados en un camión, se enrumbaron hacia la sierra del departamento de la Libertad y llegaron a Huamachuco. Allí se sintieron bastante en casa por el clima, que les recordaba un poco a su tierra. Sin embargo, les era difícil encontrar qué hacer para mantenerse, los pueblos eran muy pequeños y la población se encontraba dispersa. No lograban identificarse con el lugar, a pesar de que la gente era muy cálida. Eran personas sencillas pero con un gran corazón. Jean Luc y Karsten sentían que, de alguna manera, los pobladores los idolatraban por el hecho de ser como eran, extranjeros; no les importaba que fueran muchachos sin mayor educación que la escuela secundaria en el caso de mi padre; con el tío Karsten, la cuestión de educación era peor todavía. Además, el nivel de educación en esa región tampoco era tan alto, aunque se encontraron con más de un hombre muy letrado y preparado. También pudieron apreciar la sabiduría de los pobladores: tenían conocimientos innatos, lecciones que se heredaban de generación en generación, sin haberlas aprendido en la escuela. Pasaron varios meses allí, pero siempre añoraban ir más al Norte y de alguna manera estar en contacto con el mar, que los había atraído todo este tiempo desde que dejaran su hogar. Así es que, con la ayuda de gente que se apiadó de los dos jóvenes suizos, lograron llegar a la costa norte del país, al valle de Chicama, y luego a la Ciudad de Trujillo, donde se sintieron en casa sin la humedad, el bullicio y nada de lo que los había ahuyentado en el pasado. Se enamoraron de la ciudad y decidieron establecerse allí. Inmediatamente buscaron trabajo ayudando a subir y bajar mercadería de camiones, haciendo cualquier mandado que se requiriera. La gente en general fue muy hospitalaria, quizás porque cayeron en gracia los dos jovencitos que estaban siempre llanos a trabajar, a ofrecer una mano. Con el transcurrir del tiempo, mi padre decidió que su corazón era trujillano y cambió su nombre y su apellido. No fue una decisión fácil, ya que su nombre era todo lo que tenía en esta nueva tierra y, de alguna manera, era el vínculo no solo con su familia sino con todo lo que representaba su patria. Al mismo tiempo, se daba cuenta de lo difícil que era para todos pronunciar su nombre, y más aun su apellido. Sin pensarlo más, escogió el nombre de Remigio Cárdenas porque había sido el nombre de su primer jefe, el hombre que lo llamaba "hijo". Mi padre informó a Don Remigio de su decisión y este, un hombre octogenario, se sintió halagado de que este joven suizo quisiera llevar su nombre. Él nunca había tenido familia y sentía un gran cariño por mi padre y su primo. Karsten cambió su nombre a Carlos Cárdenas y, como ambos carecían de familia en el país y se querían como verdaderos hermanos, ese era el parentesco que decían tener cuando se referían uno al otro.

Mi padre continuó trabajando arduamente y logró abrir un pequeño establecimiento de venta de comestibles a una cuadra del mercado central. Carlos decidió regresar a Suiza después de casi quince años fuera, pero prometió a mi padre mantenerse en contacto y también cuidar de mis abuelos, que eran ancianos. Continuaron pasando los años y, con esfuerzo, mi padre logró establecerse como uno de los comerciantes más prominentes y respetables de la ciudad. Fue entonces que conoció a mi madre, a quien casi le doblaba la edad. Sin embargo, hacían una hermosa pareja; él la protegía y cuidaba para que tuviera lo que ella necesitaba y quisiera. Le llenaba de alegría verla feliz.

Ese había sido el recorrido de Don Remigio, de Suiza al Perú. Pensando en su vida cuando era pequeña, como de unos once años, le escribí un poema que no he mostrado a nadie por temor a que se burlaran de mí. Quizás debería hacer lo que Don Fernando hizo con sus rollitos y esconder mi poema en las paredes de mi casa. Mi escrito decía:

De Berna a Chicama

Te veo, te admiro, mi padre, mi guía;
Todo lo que sé a ti te lo debo.
Llegaste de lejos dejándolo todo
para arribar en esta hermosa tierra.

De Berna trajiste un corazón lleno
de sueños que hoy recuerdas tú triste.
Más sé con certeza que feliz fuiste
al ver que Chicama derramaba belleza.
Espero poder, algún día de estos,
tus tierras y gente lograr visitar.
Y de esa manera por fin saber dónde has dejado
un trozo de tu corazón.

Después de pensar en la historia de mi padre, me sentía más que lista para descifrar lo que uno de los pergaminos encerrara. Aunque sabía que me tomaría tiempo salir de mi aventura en la Ciudad de los Reyes, Lima, de 1552, ya que se trataba de una experiencia fascinante. Sabiendo que debía acostarme temprano porque tenía un examen al día siguiente, desenrollé el primer pergamino:

Octavo día del mes de mayo del año de 1552
Ciego y mudo quedéme pensando en aquel día en que esa dulce moza regalárame una sonrisa. Del brazo de un gran señor por las calles de la de los Reyes, caminaba a paso firme pero a su vez con gran garbo. Prométome desde este día encontrar a tal belleza y de mi amor hacerla testigo aunque me cueste esta vida, y si con sangre he de pagar también a ello dispuesto me he de hallar. Más de cuatrocientos días desde mi llegada a estas tierras, mis ojos hasta hoy no habían visto lo que mi corazón buscaba. Mas este día conste como el verdadero inicio de mi amor, mi suplicio por la bella que no conozco pero de quien prometo su nombre pronto aprender.
                    Fernando de la Piedra y Arévalo

Tenía que aprender poco a poco a comprender esa forma de expresarse tan enredada y sin mucho sentido para mí. Me parecía que el texto terminaba con frases redundantes y extrañas, a mi parecer. Al mismo tiempo, pensaba que si alguien de la época de Don Fernando leyera mis escritos —mis exámenes de la escuela, por ejemplo— quizás también pensaría que estaban escritos de manera extraña. Intenté ser más abierta en cuanto a la época que estaba leyendo, y consideré que se trataba de una parte del mundo que no conocía, más las peculiaridades personales que el autor pudiera tener al escribir; en fin, tantos elementos. Traté de leer crónicas, literatura de esa época pero, aunque eso me ayudaba a veces, no lograba saber quién era Don Fernando. Si se trataba de una persona común y corriente, por lo tanto, su manera de expresarse no debería de ser siempre la más correcta. Pensándolo mejor, decidí que tendría que ser alguien con algún tipo de nivel en el estrato social, ya que en esa época no todos sabían escribir o leer.

III - Labor cumplida

La construcción de nuestra casa tomó casi ocho meses. Fue un tiempo de transición para toda la familia. Mi madre gozaba al ver que, poco a poco, la casa de sus sueños se iba perfilando y se convertía cada vez más en lo que siempre había querido. Mi padre, al mando del proyecto, se sentía satisfecho con poder finalmente brindar a su familia un lugar en el que pudieran gozar y departir con amigos; no los suyos, porque realmente no tenía casi ninguno, pero se contentaba con los amigos de mi madre y hasta con nuestras amigas. Por otro lado, Elena y yo no podíamos ver la hora de mudarnos a nuestra nueva casa, nos embargaba la emoción. Y los rumores y bromas que al comienzo nos hacían, por lo menos a mí, sobre lo horrible y espantosa que era la casona y las historias que solían contarse dejaron de escucharse, ya que todos podían ser testigos de la transformación que el lugar estaba sufriendo. Todo era nuevo, de primera calidad, como lo deseaba mi padre, con olor a nuevo. Elena llegaba del colegio cantando, alegre y siempre lista a contar lo que sus amigas decían sobre la casa. Mis amigas, que eran pocas también, anticipaban el día en que nos mudáramos para poder venir a visitarme y conocer la nueva casa.

El tiempo que tardó la construcción me permitió continuar buscando otras cajitas como la que había encontrado, pero nunca logré encontrar ninguna. Además, era casi imposible pasar tiempo en el lugar, con tanta gente trabajando. Tenía que darme cuenta de lo afortunada que había sido al hallar mis rollitos; no se encontraban cosas así cualquier día y en medio de la calle. Por lo que sabía, había que excavar y estar en el desierto, en las ruinas, para poder encontrar algún resto arqueológico, lo cual creo que era lo que representaban mis pergaminos.

Mi madre estaba entusiasmadísima con los acabados de la casa. Pensó en contratar los servicios de una decoradora de interiores, pero al final la convencimos de decorar la casa solas, con la ayuda de revistas; sería un proyecto divertido y quizás ahorraríamos dinero de esa manera. Elena no estaba dispuesta a pasar horas con nosotras mirando telas y accesorios, así que nos dijo que ella sería parte del panel de aprobación; su turno vendría al final, cuando hubiéramos terminado con las compras y la instalación de todo. Mi hermana siempre era tan lista. Mi madre y yo no nos opusimos, ya teníamos bastante con lidiar la una con la otra en decidir el color, estilo y otros aspectos de la decoración. Dedicábamos los fines de semana a nuestro proyecto. Salíamos temprano y no regresábamos hasta las cinco o seis de la tarde. Muchas veces regresábamos contentas, otras decepcionadas y a veces hasta molestas al no lograr coincidir en lo que queríamos hacer. Y no se trataba de una mansión: la casa tendría cuatro dormitorios, estudio, sala, comedor, cocina, patio, tres baños completos y un medio baño. Tenía un plano muy moderno para la época. Para facilitar un poco nuestro trabajo y reducir nuestra frustración, acordamos en decorar juntas la sala y el comedor, pero los dormitorios y los baños serían de preferencia personal. Al final fue una buena idea, porque no llegábamos a ningún lugar de la manera como estábamos haciendo las cosas. Si me gustaba una cortina crema, a ella le parecía que debía ser blanca, y si ella creía que los muebles de la sala deberían ser de color oscuro, a mí me gustaba un color más claro. Era increíble cuánto podían diferir en gustos personas que se llevaban tan bien. Elena tenía que haberse imaginado lo que estaba sucediendo y seguro que se felicitaba por haber logrado escapar a esta etapa del proyecto.

Simplificamos más aun las cosas: mi madre decoraría la sala, y yo el comedor. Era la solución perfecta. En los dormitorios no teníamos problema; quizás con el dormitorio de visita, pero tomamos el caso con menos pasión e invitamos a mi padre y a Elena a que fueran parte de la decisión. Finalmente agotadas, tratando de coincidir y aceptar las decisiones de la otra, terminamos dándonos por vencidas y contratamos los servicios de una decoradora.

La casa estaba terminada. Nos mudábamos en un par de semanas. Embalar todo lo que teníamos fue un trabajo enorme. Mi familia había vivido allí más de quince años. La mudanza fue una buena oportunidad para deshacernos de cosas y trastes que muchas veces guardamos sin saber que los tenemos. También pasamos mucho tiempo viendo, recordando y repasando álbumes, revistas, recortes de periódicos, tarjetas de cumpleaños, de Navidad, mirando ropa que ya no usábamos, hasta vestiditos que nos poníamos cuando tendríamos dos o tres años. Daba tanta pena tirar cosas que guardaban tantas memorias, pero al mismo tiempo eran cosas que no recordábamos tener, así que echamos muchas de ellas.

Mi padre hizo que un par de muchachos que lo ayudaban en la tienda vinieran a cargar las cajas de una casa a la otra. Por suerte, nos mudábamos no muy lejos de donde vivíamos, y eso hacía la tarea más fácil. Los chicos que vinieron tendrían mi edad y se notaban un poco tímidos al ver que venían a casa de dos chicas. Elena disfrutaba verlos tan serios y les hacía bromas, los hacía reír. Yo no era muy buena que digamos con los muchachos, así que prefería no acercarme mucho a ellos; aunque me daba cuenta de que querían conversar conmigo, mi hermana era muy pequeña para entender sus cosas. Uno de ellos tenía una bonita sonrisa y unos ojos muy grandes y almendrados. Me preguntaba cuál sería su nombre. Y, como si mi hermana leyera mi pensamiento, de pronto les preguntó: "¿Cómo se llaman? Yo me llamo Elena, y mi hermana se llama Graciela". Nerviosos, se miraron, y el de los ojos grandes respondió: "Yo me llamo Jaime, y mi hermano se llama Rafael". Así que ahora sabíamos que se trataba de dos hermanos. Me imagino que Jaime tendría más o menos mi edad y que Rafael tendría un par de años menos. Elena, muy rápida, se apuró a conversar con el más pequeño y lo asedió con todo tipo de preguntas. Yo me sentí muy corta y no dije palabra. Seguro que Jaime habría querido que yo fuera tan conversadora como mi hermana, y yo habría deseado lo mismo, pero no pude luchar con mi manera de ser. Así que pasamos unos buenos minutos sin decir palabra. Hasta que en un momento en que Jaime cargaba una de las cajas, el fondo de esta cedió, y una lámpara pesada le golpeó el pie, lo que lo hizo caer junto con la caja. Corrí a ayudarlo y preocupada le pregunté: "¿Estás bien? ¿Te traigo hielo?". Creo que le alegró pensar que me preocupaba por él, porque de inmediato me mostró una hermosa sonrisa; tenía los dientes más blancos y parejos que había visto. Me agradeció por preocuparme y aceptó el ofrecimiento del hielo. Allí estuvimos casi media hora, yo haciendo de su enfermera. Elena no se había dado cuenta de nada porque conversaba sin parar con Rafael. Mi padre entró en ese momento y les llamó la atención; les dijo que no perdieran tiempo conversando, que debían terminar de llevar todo a la otra casa antes de que anocheciera. Los chicos se apuraron; Jaime se sonrojó y se despidió de mí. Dejé que trabajara tranquilo y me retiré a mi habitación. Elena permaneció con ellos hasta el final. Después vino a verme y me dijo que Jaime había preguntado por mí, que quería saber en qué colegio estaba, qué edad tenía, si tenía novio, le había hecho muchas preguntas sobre mí. Me emocionaba pensar que un muchacho se interesara por mí. Sabía que trabajaba con mi padre, así que podría volver a verlo.

Empecé a acompañar a mi padre a su tienda de vez en cuando. A él no le llamaba la atención, porque siempre le había dicho que quería ayudarlo y ver cómo funcionaba todo en un negocio. Y la verdad es que sí iba por todas esas razones, pero también porque quería volver a ver a Jaime. Para mi sorpresa, en las tres ocasiones que fui a trabajar con mi padre después de habernos mudado a nuestra nueva casa, nunca vi a mi apuesto amigo. No me atrevía a preguntar a mi padre sobre él, así que decidí preguntar por su hermano y le dije: "Papá, ¿sabes si Rafael vendrá por acá pronto? Quería hacerle una pregunta acerca de una de las cajas que llevó a la casa nueva". Mi padre, distraído con sus cuentas y números, me respondió que Rafael y su hermano ya no venían a la tienda, que los había contratado para que lo ayudaran un par de veces en el verano y para la mudanza, pero que ya no trabajaban para él. Me apenó mucho la noticia, estaba tan ilusionada con volver a ver a Jaime. Cuando regresé a casa, sin darme por vencida, pregunté a Elena si sabía a qué colegio iban Jaime y Rafael. Me dijo que al San Juan, y que los había visto antes, en una de las verbenas que se realizaban todos los domingos por la noche en la Plaza de Armas. Mi hermana, que no era tonta, se dio cuenta de inmediato de mi interés en los muchachos y sabía bien que no era Rafael el punto de mi atención. Prometió acompañarme a la verbena del domingo, si mi madre nos permitía asistir.

No fue difícil convencer a mi madre de ir a la verbena. Le dijimos que hasta la madre superiora de nuestra escuela asistía, y es que era verdad: casi todos los feligreses que asistían a la misa de la seis de la tarde en la catedral iban a gozar de la verbena, que no era más que una reunión de cientos de personas, jóvenes, adultos, que daban vueltas y vueltas a la plaza conversando. Lo único difícil fue convencer a mi madre que tendríamos que ir a la misa de esa hora y no a la de las ocho de la mañana, como acostumbrábamos hacer. Ella, mi padre y Nicolasa no cambiarían su rutina, ya que después tendrían cosas programadas durante el día, y asistir a misa por la tarde habría alterado sus planes. Mis padres eran personas muy metódicas.

En la misa pude ver, desde lejos, a Jaime junto a Rafael, pero también vi a una linda chica junto a ellos. Me preguntaba si sería su novia. Él no nos vio sino hasta el final y se acercó a saludarnos. Traté de actuar relajadamente, aunque me fue difícil. Nos presentó a la muchacha como Sonia. Era una muchacha diminuta, bonita, de cabello largo, muy oscuro, con unos ojos grandes y negros. De alguna manera simpaticé rápidamente con ella y empezamos a conversar, reímos mucho. Teníamos más o menos la misma edad, estudiaba en una escuela apenas a unas cuadras de la mía. Hablamos de nuestros planes de ir a la universidad. No me atreví a preguntarle si era novia de Jaime y, como no eran muy explícitos en la manera en que se trataban, no lo pude averiguar. Elena pasó la noche conversando y riendo con los dos muchachos y, para mi sorpresa, me di cuenta que Jaime parecía interesarse más en ella que en mí. De alguna manera no me molestaba que lo hiciera, me sentía muy cómoda disfrutando de conocer a Sonia; creí haber hecho una amiga con la que quizás podría compartir más adelante cuando ambas estuviéramos en la universidad. Después de casi dos horas de estar charlando y cansados de darle vueltas a la plaza, nos despedimos y caminamos hacia casa, que estaba apenas a tres cuadras. Conversando con Elena, me enteré de que Jaime y Sonia sí eran novios y que se conocían desde que ambos tendrían doce o trece años. Elena no tenía ningún interés por Rafael y, cuando le dije que me había parecido que Jaime estaba interesado en ella, se echó a reír y me dijo que no le parecía cierto, porque este le había hablado toda la noche de Sonia, de las cosas que hacían juntos. Me fascinaba la manera en que mi hermana menor podía desenvolverse sin problema con muchachos y cómo estos se sentían tan a gusto con ella; quizás sería porque era más joven, porque la consideraban un muchacho más. No se lo dije porque no quise hacerla sentir mal, pero creo que mi teoría era buena.

Jaime, Sonia y yo llegamos a ser muy buenos amigos, y nos mantuvimos en contacto a través de los años. Después de ser novios por más de ocho años, no llegaron a casarse, sino que Jaime viajó a los Estados Unidos donde continuó sus estudios y, al parecer, se casó con una americana y tiene un par de hijos. No lo volví a ver desde que dejó el país, pero sé por amigos mutuos que me recuerda con cariño. Sonia y yo nos vimos todos los años que estuvimos en la universidad y después perdimos un poco el contacto, aunque de vez en cuando coincidíamos en fiestas y celebraciones familiares. Mi madre me contaba que tenía muy buena reputación como obstetra en el hospital central de la ciudad. Creo que permanece soltera y, al parecer, cuida de su anciana madre.

IV - Bellísima

Después de un largo día en la tienda con mi padre, al regresar a la casa, encontré que mi hermana estaba gritando, discutiendo con mi madre. No quería hacer los deberes. Yo quería paz parar poder concentrarme en mis pergaminos. Fui a mi habitación y cerré la puerta para no oír ruido alguno. Lo que pude deducir de este pergamino fue:

Décimo día del mes de julio del año de 1552

Con una cabellera ondulante, dorada como el mismo sol, ojos color del cielo y una piel que provocaba tocar solo para comprobar que no era terciopelo, yacía como una diosa sobre un peñón junto al Río Hablador, ese río que recorre la Ciudad de los Reyes. ¿Estaría sola o esperaría a su dueño? Provocóme conversar con ella, contarle sobre mis viajes, escuchar qué voz tenía, si era de un timbre elevado o de un bajo tono. Cualquiera que fuera la melodía que su voz emitiera, la amaría igual que ya la amaba toda, sin haberle dicho palabra. ¿Sería sano que un hombre de mi edad pudiese quedar prendado de una mujer sin más?

No pude conciliar el sueño, esa ni las siguientes noches de más de una semana seguida. Pensaba en ella todo el tiempo, me la imaginaba dormida y yo a su lado en recelo, contemplando a tan bella doncella. No podía darme el lujo de perder el tiempo de esa manera puesto que mi Señor, el Marqués de Sol y Villa, esperaba mucho de mi persona, y no podía responder de otra manera que no fuera poniendo todo de mí. Decidido a enfocarme en mi faena, me prometí dejar de pensar en la bella hasta cuando hubiese terminado con lo que mi Señor me había encomendado. Al final, me convencí, si apuraba el paso con lo que me causaba trabajo, sería más delicioso el premio de poder luego volcarme en tan deliciosa tarea de conquistar a la bella.

Esperé a que de noche fuera y cuando el pueblo dormía, con una antorcha en la mano, recorrí cada esquina. Busqué por todas partes como ordenado tenía, y aunque no pretendía cantar victoria en mi primera noche de ronda, me desanimó mucho el regresar al alba sin gran cosa que contar. Trataría la noche siguiente y así me tomara más de unas diez, no me daría por vencido, continuaría buscando y rebuscando si era debido.

Fernando de la Piedra y Arévalo

¿Quién sería Don Fernando? ¿Se trataría de algún noble servidor de la corona española? Tenía que serlo sin duda; por el nombre que llevaba no era oriundo de aquí. ¿Y quién sería esa muchacha? ¿Y qué buscaba él de noche con tanto fervor? El rollito me decía muy poco. Quizás no había interpretado bien lo que significaba, con el polvo, la tinta corrida, tratando de limpiar el pergamino con un papel húmedo (que no creo sería una técnica de aprobación en ninguna clase de arqueología). Poco lograba rescatar del texto que tenía. Esperaba poder comprender y aprender más de Fernando con los próximos pergaminos. Realmente tendría que aprender más de las costumbres de la época, de la manera de hablar, sobre todo de la manera de escribir, aunque no esperaba encontrar mucha información en la biblioteca. Igual me propuse hacer de mis pergaminos una prioridad tan fuerte como mis estudios y también me prometí guardarlos en secreto a costa de todo. Estaba segura de que sería mucho más fácil descifrarlo todo con ayuda de expertos, pero temía que tomaran posesión de mis rollitos y que me apartaran del todo de ellos. Siempre había compartido toda información con mis padres, mi hermana, mis amigas, nunca había tenido algo que fuera solo mío. Esta vez se trataba de mis pergaminos.

Salí a ver si había algo que comer, me moría de hambre. ¡Al pasar por el corredor y ver la hora en el reloj, me alarmé al comprobar que eran las tres de la mañana! Por supuesto que no había nada que comer, todos dormían en mi casa desde hacía horas. No podía permitir que los rollitos me entretuvieran de esa manera; si no dormía bien, mi rendimiento en la escuela bajaría, y tanto los maestros como mis padres tratarían de averiguar la causa de ese cambio. Siempre había sido una alumna muy aplicada y empezar a cambiar a estas alturas, durante mi último año de escuela, no parecía muy lógico. No podía darme el lujo de que sospecharan. Tendría que ser más disciplinada si quería conservar mi secreto. Además, se esperaba que continuara con las mismas buenas notas en la universidad.

Mi padre me había dicho, antes que nos mudáramos a nuestra nueva casa, que quería que estudiara medicina, que era el sueño más grande que tenía. A mí también me entusiasmaba la idea, aunque realmente no estaba segura de querer estudiar tantos años. Yo pensaba en viajar, conocer otros países, otras culturas, gente que hablara otros idiomas. Pero mi padre era el hombre más bueno del mundo, y no quería derrumbar sus sueños. Mi madre no tenía problema en lo que decidiera estudiar siempre que fuera una profesión universitaria; quería que progresara y siempre me recalcaba que era inminente que una mujer pudiera sostenerse sin la necesidad de tener a un hombre. Uno nunca sabía lo que el destino le depararía. De cualquier modo yo era una muy buena alumna, la favorita de las monjas en mi escuela. La verdad que era muy tranquila y era fácil que me quisieran, porque no me metía en problemas y siempre seguía lo que decían sin chistar. Mi hermana Elena, en cambio, era una niña muy activa y traviesa. No se portaba del todo mal, sino que siempre estaba lista para el juego y para saciar su curiosidad; y se metía en problemas que hacían que mi madre visitara a la madre superiora por lo menos cada dos meses. Elena y yo nos llevábamos muy bien, pero la diferencia de años, que eran más de seis, hacía que no nos interesaran las mismas cosas. Me preocupaba pensar que ya no estaría en la escuela el próximo año para proteger a Elena o sacarla de aprietos. Ahora ella tendría que aprender a portarse como la niña de casi trece años que era.

Desde que nos mudamos a la nueva casa, todo era nuevo, y disfrutábamos de nuestro nuevo vecindario, con amigos, con gente que quería conocernos. Mi madre, que era muy sociable, invitaba a menudo a amigas a tomar el té, a ir al cine. También íbamos de paseo los fines de semana al campo, y llevábamos viandas de comida con nosotros.

Pasamos el verano muy contentas mi madre, mi hermana y yo, porque a mi pobre padre no veíamos con frecuencia; siempre estaba trabajando, pero se aseguraba de que nosotras disfrutáramos siempre. Recuerdo cómo jugábamos en los carnavales, con agua, con polvos de colores, con betún de zapatos, no se salvaba nadie. A Elena no le gustaba mucho jugar y le asustaba ver cómo los vecinos jugaban con mi madre al punto de dejarla toda sucia, y la casa también. A mi madre no le importaba tener que limpiar después. Ella siempre era el alma de la fiesta, tan alegre y entusiasta para todo lo que fuera estar con amigos. Venía de una familia grande, con seis hermanos varones con los que había jugado y discutido; no peleado, porque ellos sabían que a la mujer se la trata como a una dama y no se la toca. "Ni con el pétalo de una rosa", repetía a menudo, diciendo que era lo que su madre recalcaba a sus hermanos cuando querían pelear con ella.

Llegado el tiempo de prepararse para ingresar a la universidad, yo todavía dudaba en qué estudiar, pero pensaba que no debía apresurarme porque estaba convencida de que todo se definiría como por arte de magia. Además, los primeros años se estudiaban cursos generales y siempre podría cambiar de carrera. Claro que eso me atrasaría pero no importaba, porque tenía todo el tiempo del mundo para conocer, ver, visitar.

V - Amparo Pantoja

Mi madre tenía una historia muy distinta a la de mi padre. Se había criado toda su vida en Trujillo, en una familia en la que era la única hija, rodeada de seis hermanos varones. Sus padres Don Carlos Pantoja Tirado y Doña Soledad Solís de Pantoja, también habían pasado toda su vida en Trujillo. Amparo era la niña de los ojos de sus padres, quienes hicieron todo lo posible para que llevara una vida como la que ellos habían vivido: con comodidades, sin complicaciones. No eran ricos, pero tenían lo suficiente como para que su hija asistiera a una escuela privada. No esperaban que estudiara más allá de la secundaria, ya que no era algo que hacían las muchachas de su edad; sino que más bien, se preparaban para casarse y formar un hogar. A Amparo le habría gustado ser profesora, pero nunca insistió en formalizar sus deseos porque veía que sus amigas y otras muchachas de su edad no continuaban estudiando. Era muy buena con las manualidades y distintos aspectos de la casa: le encantaba decorar, ver que todo estuviera en su lugar, que se viera que una mano femenina se había encargado de todo. Su madre le enseñó a cocinar muy bien, y a ella le encantaba probar nuevas recetas, preparar potajes que su padre degustaría con agrado. También cosía y tejía. Pero poco a poco que fue creciendo, se dio cuenta que era muy buena para la pintura, que cada vez que había un concurso en la escuela lo ganaba, y que las demás muchachas y los maestros quedaban prendados de sus obras. Le habría gustado tanto que sus padres le permitieran asistir a una escuela de arte, donde podría aprender más acerca de lo que, poco a poco, representaba una gran pasión.

Pero otra pasión muy fuerte de mi madre, aunque nunca muy obvia, era el deporte. Me imagino lo difícil que sería decir que no a sus hermanos cada vez que querían jugar al fútbol o cuando querían nadar con ella en el río. Y es que mi madre no se negaba porque le encantaba participar de todo lo que fuera estar afuera, saltando. Aparte, era muy competitiva; siempre quería ver si podía ganarle a uno de sus hermanos, en lo que fuera. Mi abuela tenía que intervenir a menudo, cuando encontraba que estaban tratando de convencer a Amparo de que no podía boxear con los demás muchachos del vecindario. Una cosa era con sus hermanos, decía mi abuela, pero era muy distinto que los demás la vieran dando de puñetazos a otros muchachos. Mi abuelo gozaba muchísimo al ver a su hija tan ágil y atleta. Le llenaba de gozo verla tan sana y lista a ser uno más de los chicos. Era obvio para mí ver de dónde había heredado Elena el carácter que tenía.

Doña Soledad estaba siempre ocupada preparándolo todo para las reuniones que su esposo tenía con sus socios del gran negocio de telas que tenía en el centro de la ciudad. Y es que Don Carlos gozaba muchísimo al tener a sus amigos en casa: bebían, comían, fumaban, reían muy fuerte, hasta altas horas de la noche. Doña Soledad no se quejaba porque, aunque tenía mucho trabajo y aparte de contar con la ayuda de la criada, gozaba tanto como su marido de las reuniones en su casa. Por lo general, los socios venían solos, pero si las reuniones eran los fines de semana, entonces de seguro que venían con sus esposas y hasta sus hijos. Se reunían dos o tres veces al mes y llegaban a ser más de quince personas en la casa. Así es que Amparo se crió siempre rodeada de gente, muy acostumbrada a la parte social que acarreaba tener invitados en casa. Sus hermanos eran muy activos y solían estar siempre fuera, con sus propios amigos.

Un poco a escondidas, Amparo empezó a comprar libros sobre pintura, aunque ocultaba sus trabajos porque no quería presionar a sus padres; pensaba que se opondrían a que perdiera su tiempo pintando. Su artista preferido era Van Gogh y trataba de imitar su trabajo. Le fascinaba pintar paisajes, así que los viajes que su familia hacía al campo le caían muy bien, ya que podía pasar horas pintando mientras los demás charlaban sin enterarse de lo que Amparo hacía. Varias veces pintó paisajes de memoria porque no había querido sacar sus pinceles frente a su familia; captaba lo que veía y lo guardaba en su mente hasta que llegara a su casa. Pero su maestra de pintura en la escuela no sabía cuán reservada era Amparo respecto a su pasión por la pintura; así que un día, cuando se encontró con Doña Soledad, le comentó lo buena que su hija era en su clase y cuánto le ayudaría asistir a una escuela de arte. Al llegar a casa, Doña Soledad llamó a Amparo y le preguntó sobre esa pasión por el arte, de la cual ella no sabía nada. Mi madre se sintió muy mal al ver lo dolida que mi abuela estaba al ver que su hija no confiaba en ella ni le contaba sus cosas. Ambas conversaron un buen rato y fue entonces que Amparo decidió mostrar a su madre todos sus lienzos, que eran más de treinta. Doña Soledad no podía creer cuán ciega había sido respecto a la única hija que tenía. ¿Cómo podía haber sido que ella y su esposo estuvieran tan ocupados con amigos y el negocio, y no se hubieran percatado de este aspecto tan importante en la vida de Amparo? Doña Soledad pidió perdón a su hija y le prometió escucharla con mayor atención; también le suplicó que confiara en ella y que siempre supiera que deseaba lo mejor para ella. Luego le contó sobre la conversación que tuvo con la maestra y preguntó a mi madre si querría asistir a una escuela de arte. Al escuchar esto, Amparo rió a carcajadas y empezó a saltar sin parar. Su madre nunca la había visto tan alegre, tan llena de vida. Y lo que sucedía era que, en todos esos años juntas, apenas si la niña se había manifestado, con tanta gente en la casa; simplemente sonreía, tratando de agradar a todos. A partir de ese día, tanto Doña Soledad como Don Carlos aprendieron a gozar más de su hija, que ya era casi una señorita.

Contenta con compartir lo que hasta el momento había sido un secreto, Amparo empezó a florecer como persona. Se portaba de una manera más abierta, dejaba que los demás entraran a su mundo, y es que tenía mucho que darles. En todos los años que la conocían, sus amigas no habían notado cuán alegre y bromista había sido porque todo ese tiempo había sido muy reservada, apenas mostraba una pequeña sonrisa en el rostro. Este cambio en la personalidad de Amparo le sirvió para tomar mayor confianza en sí misma. Ahora expresaba su parecer abiertamente y no continuaba tratando de complacer a todo el mundo. Sus maestros también tuvieron que aprender a tratar a una nueva Amparo. Y poco a poco, se fue perfilando como la líder de su clase, llevando siempre la batuta en lo que la clase deseaba lograr, organizando actividades, reclamando lo que pensaba era derechos que les correspondían como alumnas, pero también asumiendo responsabilidades.

El hecho de que Amparo fuera más extrovertida la hizo más visible en la sociedad. Muchas de sus amigas hablaban de ella en casa, y es así que se hizo conocida por las familias de la ciudad y sobre todo por los jovencitos, familiares de todas estas chicas. Don Carlos y Doña Soledad se encontraban a menudo con parejas de esposos que les conversaban sobre la posibilidad de que sus hijos conocieran a Amparo, obviamente para propiciar una futura relación romántica con miras a una eventual boda. Los padres de esta se sentían halagados, ya que estas familias eran muy respetables y de buena posición en la sociedad de Trujillo. Doña Soledad, quien ahora mantenía una relación muy estrecha con su hija, conversaba con ella de todo y le informaba de todas estas propuestas. Amparo no tenía intención de conocer a ningún muchacho y veía el matrimonio como algo muy lejano. Por ahora todo lo que quería era gozar de su arte y divertirse con sus amigas. Sus padres no querían presionarla, pero pensaban entre sí seriamente en un par de candidatos para su hija.

En su último año en la escuela secundaria, Amparo gozaba de sus estudios, pero cada día apenas si podía esperar a que las clases terminaran para ir rumbo a su clase de arte. Estaba allí todos los días, después del colegio, un par de horas por la tarde. Le encantaban sus maestros, por lo general extranjeros que apenas hablaban el idioma pero a los que había que entender muy poco; porque la pintura era un lenguaje universal, un lenguaje que era común a todos los amantes del arte. Allí tuvo maestros franceses, belgas, italianos, españoles, también había varios sudamericanos, entre ellos un argentino y un par de chilenos. Por lo general, se trataba de artistas mayores en edad, de unos cincuenta años, hombres y mujeres. Algunas de sus compañeras de clase eran un poco mayores y solían salir, después de clase, a tomar un café o un trago con los maestros. A Amparo nunca se le había cruzado eso por la cabeza, todos eran muy mayores para ella. Pero un día que uno de los maestros la invitó a tomar un café, accedió por no hacerlo sentirse mal. Un poco temerosa de que el maestro estuviera enamorado de ella, trató de ser lo más seca posible, sin perder sus modales; pero estuvo sorprendida de que este no tratara de cruzar la línea en ningún momento sino que, por el contrario, la trataba como a una hija; y claro, podía serlo, e incluso su nieta. Hablaban de todo y de nada, hasta que en un momento el profesor le dijo que quería, si no le molestaba, presentarle a un amigo suizo que acababa de llegar a la ciudad, que se trataba de una persona muy seria y que había pensado en ella para que lo ayudara con su castellano y para que se ubicara un poco en su nuevo lugar. Amparo no tuvo problema, simplemente pensó que habría sido mejor que sus padres fueran los que tuvieran que socializar con gente tan mayor; se preguntaba de qué podría conversar con una persona de esa edad. Esperaron un par de horas por el amigo del maestro, quien nunca llegó a la cita. El maestro se disculpó y le dijo que se olvidara del asunto, que quizás había sido una mala idea. Amparo no le dio importancia al asunto, especialmente porque no quería hacer que su maestro se sintiera mal al respecto.

Amparo continuaba pintando, y su madre había enmarcado todas sus pinturas y las había puesto por toda la casa, intercambiándolas por las que antes tenía en las paredes. Don Carlos, muy orgulloso, paseaba a sus amigos por toda la casa, mostrando la obra de su hija. Amparo se sonrojaba cuando su padre hacía eso y tendía a anticipar el momento para dirigirse de inmediato a su habitación, aunque eso no la salvaba ya. Porque cuando salía de ella, aunque fuera dos o tres horas después, su padre alababa su trabajo nuevamente, delante de sus amigos.

Un día en que Amparo estaba en una de sus clases de pintura, llegó a su clase un joven muy apuesto, alto, delgado, de tez muy blanca pero con un tenue color rosa en las mejillas; tenía los ojos bonitos, verdes, cejas que hacían juego con su cabello castaño claro, pero lo que más notó era la manera en que se conducía. Caminaba muy derecho, muy elegante, le recordaba a los príncipes de los cuentos de hadas, de Blancanieves, de la Cenicienta; se lo podía imaginar en un uniforme de pantalones negros con una rayita amarilla a los lados y una chaqueta amarilla, con medallas, exactamente como en los cuentos. Todas las chicas dejaron de pintar casi de manera sincronizada. El maestro les dijo que continuaran pintando y que lo excusaran por un minuto. Los escucharon hablar por unos minutos en algo que sonaba a alemán. Luego, el muchacho salió de la clase, y el maestro regresó a dictar la lección pero, después de unos minutos que todos volvieron a lo suyo, se acercó sutilmente a Amparo y le pidió que saliera un momento al corredor con él. Esta pensó que algo les había sucedido a sus padres o que quizás la querían reprender por algunas de sus quejas al representar a la clase; porque no solo representaba a sus compañeras en la escuela, sino que también lo hacía en la escuela de arte. Al llegar al corredor, se dio cuenta de inmediato de lo que se trataba: el apuesto muchacho, el príncipe de los cuentos de hadas, estaba esperándola. Él era el amigo de su maestro al que tenía que ayudar con su castellano y mostrarle lo que Trujillo tenía que ofrecer. Amparo trató de ocultar su dicha, pero estaba segura de que la alegría se le notaba a leguas. Su maestro los presentó: "Amparo Pantoja, Remigio Cárdenas. Remigio Cárdenas, Amparo Pantoja". No podía creer que su nombre fuera tan castizo; quizás no se trataba del amigo suizo sino más bien de un español, pero los había escuchado hablar alemán o algún idioma parecido. Remigio le dio la mano; era un apretón firme pero dado con delicadeza al mismo tiempo, sintió su mano suave, con una piel de alguien que no trabajaba físicamente. Al saludarla, le sonrió con amabilidad, aunque no pudo captar un interés romántico en su mirada; era un contacto objetivo, según pensó. El maestro los dejó solos. Remigio hablaba muy poco español, apenas pudo preguntar: "¿La recojo de aquí o nos vemos afuera?", con un acento muy fuerte. Amparo confirmó de inmediato que se trataba del amigo suizo del que habían hablado y le dijo que sería mejor que la recogiera de la escuela. Y es que pensaba en qué se imaginaría la gente al verla en un café con un extraño; pero si la veían salir de la escuela, tendrían otra impresión del asunto. Toda la clase la vio salir con el apuesto muchacho. Las chicas se preguntaban quién era y cómo era que conocía a Amparo.

Remigio y Amparo fueron a tomar un café no muy lejos de la escuela de arte. Allí se encontraron con varios muchachos de su clase, que no dejaban de mirarlos. Tratando de no prestarles atención, Amparo intentó ser lo más natural posible aunque

41

se sentía nerviosa; era su primera cita con un muchacho y este no era cualquier muchacho, sino que se trataba del hombre más apuesto del universo. Al conversar –aunque a veces era difícil por el problema del idioma–, Amparo aprendió cosas sobre Remigio: de dónde venía, cuál había sido su verdadero nombre, la historia de su vida. Pasaron horas en el café y, cuando se percataron del tiempo transcurrido, Amparo pensó en lo preocupados que estarían sus padres, así que se levantó y quiso despedirse. Pero Remigio le dijo que la llevaría a casa, que tenía su auto estacionado muy cerca, que hablaría con sus padres para que supieran por qué se había tardado tanto y para que no se enfadaran con ella.

Al llegar a casa, Amparo encontró que su madre estaba muy angustiada y que su padre había salido con sus socios a ver dónde podían buscarla. Eran cerca de las once de la noche, y ella nunca había estado fuera más allá de las nueve. Al verla llegar sana y salva, Doña Soledad se alegró, pero le llamó la atención que su hija viniera acompañada de un hombre. Conversaron un rato sobre lo sucedido y, con ayuda de la interpretación que hizo Amparo de lo que Remigio quería comunicar, todo quedó arreglado, por lo menos hasta que Don Carlos regresara. Doña Soledad y Remigio conversaron un buen rato y hasta rieron juntos. Tuvieron que ponerse serios al sentir los pasos de Don Carlos que regresaba con un amigo. Al ver a Amparo, la abrazó y se despidió de su socio, agradeciéndole por su apoyo. Al entrar a la casa, Don Carlos no pudo pretender estar contento de ver a su esposa e hija sonrientes, acompañadas de un caballero. Con el ceño fruncido y con cara de pocos amigos, se acercó a Remigio y le hizo todo tipo de preguntas. Remigio trató de explicar lo ocurrido y pidió que permitiera a Amparo acompañarlo a ver la ciudad. Serían amigos con el permiso de Don Carlos. Este aceptó sus disculpas pero no sonrió en ningún momento, ni siquiera cuando tuvieron que despedirse, y no dijo nada respecto a futuras visitas; hizo como si Remigio nunca le hubiera preguntado al respecto. Al parecer, el efecto que este príncipe de los cuentos de hadas tenía no era el mismo en los hombres que en las mujeres.

Amparo estaba fascinada con Remigio, no hacía sino pensar en él, había quedado flechada por el Cupido del amor. Se preguntaba si le sucedía lo mismo a él. Remigio era un joven muy educado, muy correcto, pero era difícil ver emociones en su rostro. A Amparo no le importaba nada, se había enamorado locamente de él el momento mismo en que este entró en su clase de pintura. No podía creer que había pensado que se trataba de un anciano, como la primera vez que su maestro le había propuesto la idea de conocerlo. Se imaginaba qué habría sido de ella si hubiera rechazado la oferta sin haberlo conocido. Cada día que se conocían más le gustaba más aun. Este era el hombre con el que se casaría. Aunque apenas lo conocía unas semanas, lo había decidido. Aunque tenía un par de preguntas que no le había hecho, como cuántos años tenía; era una pregunta común, pero como Remigio se conducía de manera tan formal, a ella le daba temor ofenderlo; igual le parecía joven, seguro que le llevaría unos cuatro a cinco años.

Conversando con su madre, Amparo le dijo que quería casarse con Remigio y que esperaba que él sintiera igual. Doña Soledad habló con su esposo y trató de hacerle entender que este tendría que hacer un esfuerzo, que ya habían desperdiciado años sin conocer a su hija y que ahora, que pasaba por un momento tan importante en su vida, deberían abrirse a su mundo y no empecinarse en ser duros y estrictos como lo estaba haciendo Don Carlos. Este trató de entender y sabía que su esposa tenía toda la razón del mundo; no había nada que pudiera reclamar de la conducta de Remigio, era el muchacho más correcto que había conocido. Así que decidieron invitarlo a cenar para poder conocerlo mejor. Cuando conversaron, él les dijo que tenía treinta y seis años, el doble de la edad de Amparo. Esta misma no podía creer lo que escuchaba porque no se lo esperaba, aunque eso no cambiaba para nada lo que sentía por Remigio. Don Carlos abrió los ojos al enterarse de este nuevo dato. Doña Soledad trató de romper el hielo pidiéndole a Remigio que le diera el secreto para verse tan joven. Después de pasar unas horas juntos, Remigio y Don Carlos reían juntos en la sala y hablaban de algo que las mujeres de la casa nunca imaginaron tendrían en común: la filatelia. Remigio había logrado hacer que su familia le enviara todas su colección, de a pocos, por correo. Don Carlos había empezado a coleccionar estampillas desde que estaba en la escuela. Ambos eran asiduos coleccionistas y eso, más el amor por Amparo, los unió para siempre.

VI - Chevrolet 1958

Es increíble como mi hermana y yo nunca aprendimos a hablar ninguno de los idiomas de mi padre, aunque entendíamos un poco de alemán porque escuchábamos cuando conversaba con sus amigos en sus reuniones los domingos, después de la misa. Llegué a la conclusión de que la razón debía ser que mi padre trabajaba todo el tiempo, así que nunca lo veíamos durante la semana; ya que salía de la casa cuando estábamos durmiendo y regresaba cuando ya nos habíamos acostado. Y los fines de semana, cuando estábamos los cuatro juntos –y puesto que mi madre no hablaba su idioma–, terminábamos siempre hablando castellano. Cuando crecí lamenté el no haber aprendido la lengua de mi padre, mi herencia y mi vínculo con su pasado.

Un día, recuerdo claramente que era domingo y hacía mucho calor. Elena y yo estábamos esperando a que mi padre llegara de la tienda para poder ir a la playa en un servicio de taxi, como solíamos hacer, cuando nos sorprendió llegando en un hermoso Chevrolet del año, de color crema a los lados y chocolate al centro, con asientos muy suaves también color crema; tenía un espejo muy largo adelante y uno pequeño fuera de la ventana del lado del conductor; las llantas eran delgadas, negras, con una banda blanca al centro. Era un carro espectacular y el primero para mi familia. Hasta el momento todo lo habíamos hecho a pie, ya que las distancias en la ciudad eran pequeñas; y si teníamos que ir más lejos, tomábamos el autobús o un servicio de taxi. Elena y yo saltamos de alegría.

Mi madre no sonreía, pero igual se mostraba muy sorprendida. Me imagino que pensaba en cuánto tendríamos que pagar por un auto que parecía tan caro. Mi padre, dulce como siempre, puso su brazo sobre el hombro de mi madre y le dijo que era suyo: era su regalo de cumpleaños un poquito adelantado, con tres meses de anticipación. Su cumpleaños era el 14 de marzo. Como fuera, Elena y yo dijimos a nuestro padre que para nosotras el auto era nuestro regalo de Navidad. No podíamos esperar a que nuestras amigas nos vieran paseando por la calle en nuestro nuevo carro. Empezamos a pensar en todos los lugares a donde podríamos ir. Además, le recordé a mis padres que, como ya tenía más de dieciocho años, podría sacar mi licencia de conducir. A mi madre le preocupó un poco la idea. Sabía cuán responsable era, pero la ponía nerviosa pensar que estuviera en las calles junto con otros conductores, sabía lo malo que era el tráfico en la ciudad, y no necesariamente porque había muchos vehículos transitando.

Nuestro nuevo Chevrolet fue la noticia en la escuela. Todas las chicas querían subirse a él. Hasta se nos ocurrió hacer una especie de reunión en la que tendríamos las puertas del carro abiertas: así una por una pasaría a sentarse en el asiento del chofer, luego pasaría al asiento de al lado, luego a los de atrás. También podrían tocar la bocina, con mucho cuidado probar los cambios, mirar por los espejos, pretender estar conduciendo. Tomaríamos fotos de la fiesta. Sí, porque sería motivo para una fiesta. A Elena le encantó la idea, porque pensó de inmediato en su música, en sus canciones de *twist*. Mis padres sonreían al escucharnos planear y vernos tan entusiasmadas con una fiesta que parecían completamente tirada de los pelos. Disfrutaban ver lo inocentes que éramos, al punto de la ridiculez. Mi madre se tranquilizó sobre la idea de que yo sacara mi brevete de conducir y gozaba con nosotras de tanta algarabía. No se preocupaba como solía hacerlo antes de alguna fiesta, porque sabía que Elena y yo nos encargaríamos de todo, y Nicolasa nos ayudaría. Era una muchacha cuya familia conocía a la familia de mi madre desde hacía un par de generaciones. Vivía con nosotros, nos ayudaba en los quehaceres de la casa y asistía a la escuela por las tardes. Tenía más o menos mi edad. Había estado con nosotros desde que yo tendría cuatro o cinco años. Su madre vivía a un par de horas de donde nosotras vivíamos y la visitaba todos los fines de semana; o a veces Nicolasa iba a verla a ella, a su padre y a sus hermanos menores.

La fiesta fue todo un éxito; entre la música, la comida y sobre todo el auto, que era la gran atracción, las chicas quedaron encantadas. Mi madre fue aceptando poco a poco la idea de que sus hijas estaban creciendo y que ya no era niñas.

Mi padre me llevó varias veces a la parte rural de la ciudad para que me preparara para mi examen de manejo. Elena se subía al carro con nosotros y a veces lograba convencerlo de que la dejara manejar también. Si manejar fuera tan fácil como en el campo... no nos encontrábamos con nadie en el curso de dos o tres horas. Pero un día, que habíamos salido mi padre y yo solos, fuimos detenidos por un par de campesinos que nos hicieron parar batiendo sus brazos en el aire. Nos suplicaron aterrados y nerviosos que los ayudáramos a llevar a un amigo al hospital; al parecer había estado bebiendo, se había quedado dormido en un pastizal y un enorme tractor tipo *caterpillar* había pasado sobre su pie. Mi padre accedió sin titubear a ayudarlos, y fue entonces que sacaron al herido de entre los matorrales. Era un cuadro espeluznante: el hombre estaba inconsciente −no sé si por la borrachera o el dolor−, y su pie izquierdo estaba cubierto en sangre; por suerte no logré ver más que eso. Mi padre y yo cambiamos de asiento, y los dos hombres y el herido se posicionaron en los asientos de atrás. Fuimos de inmediato al hospital más cercano y allí los dejamos. Nos sacudió el incidente y nos dirigimos de regreso a casa.

Mi padre no tenía el tiempo suficiente para llevarme a practicar y de alguna manera terminábamos discutiendo, así que mi madre sugirió que tomara lecciones con un profesor que estaba calificado por la oficina que otorgaba las licencias de conducir. El instructor era un caballero de edad, muy paciente. Siempre recuerdo como me decía que frenara "una nadita". Elena y yo convertimos esa frase en nuestra broma de mucho tiempo. Siempre nos acordamos del "señor una nadita". Con él también tuve una experiencia para recordar. Apenas nos preparábamos a salir de mi casa y recién me estaba acomodando en mi asiento, mirando mis espejos, cuando de pronto vimos que una camioneta *pick up* daba la vuelta a la esquina, justamente al lado de nosotros y que, en lugar de enderezar camino, continuó virando y terminó incrustada en un poste de luz. Fue un accidente un tanto extraño. El conductor salió de la camioneta; se trataba de un jovencito, estaba un poco asustado. Volvió a subir al carro y se preparaba a partir cuando llegó la policía bloqueando el tráfico. Nos bajamos del auto y regresamos a mi casa.

Después de un mes de prepararme con el "señor una nadita" pensé estar lista para dar el examen. La parte escrita me fue fácil porque mi memoria era siempre mi gran aliada. De pequeña estuve convencida de tener una memoria fotográfica, al menos eso es lo que yo pensaba. La parte de conducir fue un poco más difícil porque tenía poca práctica, pero igual logré pasar el examen. Me sentía un adulto ahora que podía conducir. Y como mi padre y yo éramos los únicos que lo hacían, sentía que mi madre se apoyaba más en mí ahora que tenía que llevarla de un lugar a otro.

Trataba de que el Chevrolet no me distrajera de mis estudios. Es que me encantaba estar en la calle, conduciendo todo el día. Al mismo tiempo, sabía que mi padre necesitaba mi ayuda en su tienda. Desde que tenía unos dieciséis años, me había acostumbrado a ir con él a la tienda y ayudarle con sus cuentas. Me parecía una manera amena de pasar algún tiempo con él, sin mi hermana o mi madre. Hablábamos muy poco, pero sentía que colaboraba con su negocio y que hacía su tarea más amena. Además, aunque mis amigas pensaban que lo que hacía era muy complicado, no lo era en absoluto, ya que mi padre era un hombre muy organizado, y yo simplemente tenía que sumar o restar en sus libros.

Era casi año nuevo, y había mucha gente en las calles, alborotadas por las ofertas que ofrecían los establecimientos por fin de año. Se sentía en el aire la alegría de todos, el anticipo del nuevo año, el olvidarse de lo que hubiese acontecido durante el año que dejábamos atrás. Estaba conduciendo por uno de los jirones paralelos a mi casa cuando, no sé de dónde, salió un autobús justamente cuando yo doblaba la esquina. Me asusté muchísimo y, tratando de evadirlo, viré bruscamente el timón y terminé subida sobre la acera, incrustada en un poste de luz. Me asusté muchísimo, aunque no pensé que me había pasado nada hasta que vi el nerviosismo en la cara de los transeúntes al verme. Debí de tener un aspecto horroroso, porque la gente gritaba y llamaba a la policía. El conductor del autobús llegó corriendo y me preguntó que cómo me sentía. Se disculpó por haberme asustado, pero me dijo que él tenía el derecho de paso por estar a mi derecha. Yo no podía contradecirle, porque en esos momentos empecé a sentirme mareada y pensé que me desvanecía. No sé qué pasó después. Desperté en una habitación del hospital regional, cerca de mi casa, con mis padres y mi hermana al pie de mi cama. Me dijeron que había sufrido una leve contusión en la cabeza, pero que el médico había dicho que pronto me sentiría mejor y que mi condición no tendría repercusión en mi salud. Me levanté de la cama y me miré en el espejo. Tenía moretones por toda la cara, y mi nariz estaba hinchada como un tomate. Mis padres me abrazaron y me dijeron cuán felices estaban de que estuviera bien. Pregunté por el carro, y me dijeron que no me preocupara, que quedaría como nuevo; también me dijeron que la compañía del autobús que chocó conmigo me había enviado un hermoso arreglo floral. Me pareció un lindo gesto.

Pasé una semana en el hospital. El personal fue muy gentil conmigo, especialmente un joven médico que me prestó mucha atención. Sé que me dijo su nombre, pero debo de haber estado muy confundida después del accidente o quizás nerviosa por tratarse de un joven tan bien parecido. Como siempre, soñadora, me imaginaba que no sería un mal esposo en un futuro, cuando decidiera casarme. Cada vez que venía a verme, me miraba con dulzura y preguntaba si me sentía mejor. Estoy segura de que eso hacen todos los médicos, pero yo sentía algo distinto; uno bien sabe cuando un muchacho se interesa en su persona, creo. Me apenó salir del hospital sin saber su nombre. Podía habérselo preguntado a una de las enfermeras, pero estaba segura de que sabrían que estaba interesada en él, así que preferí callar.

Al regresar a casa, decidí que había estado perdiendo el tiempo respecto a mis pergaminos. Tendría que estar yendo a la biblioteca y averiguar acerca de Fernando de la Piedra y Arévalo. ¿Quién habría sido? ¿En qué parte de España habría nacido? ¿Habría vivido en Trujillo todo el tiempo? ¿Qué habría estado haciendo en mi casa? Querría poder tener acceso a documentos sobre mi casa y saber hasta qué época se remontaban. Dudaba de que hubiera un registro que datara de 1552 y, si fuera así, no sabría cómo lograr que me lo mostraran.

En la biblioteca no logré averiguar nada sobre Don Fernando. El apellido De la Piedra aparecía esparcido por todo el Perú, al igual que el apellido Piedra, que quizás habría tenido un origen común. No era ninguna experta en genealogía. Incluso encontré varios homónimos en toda Latinoamérica y en España. Ninguna información me ayudaba a saber más de "mi" Fernando de la Piedra y Arévalo. Y el apellido Arévalo también abundaba en el norte del Perú y en distintas regiones de España. Una vez más pensé que profesionales, expertos en la materia, estarían encantados con mis manuscritos y podrían encontrar respuesta a algunas de mis preguntas. Lamentablemente los pergaminos no estaban en sus manos sino en las mías, y yo no iba a compartirlos con nadie. Tampoco se trataba de martirizarme; no tenía por qué apresurarme por averiguarlo todo, sino que se trataba de ese perfeccionismo mío, de toda la vida. Bastaba que algo fuera difícil para que me empeñara en hacerlo. No sé si mis padres se dieran cuenta de ello, pero siempre me empeciné en lo que se decía imposible de lograr. Algunos habrían pensado que se trataba de una cualidad, pero en circunstancias me resultó contraproducente; aunque nunca di marcha atrás, incluso sabiendo estar errada.

VII - El libro rosa de Elena

Aunque quería mucho a mi hermana, y nos llevábamos bien, llegó un día en que me di cuenta que no la conocía tanto como creía. Estábamos solas, y era un día de semana; yo había terminado mis deberes y me preparaba a dormir; bueno, en realidad pensaba trabajar en mis pergaminos, pero eso nadie lo sabía. Mi hermana marchaba por la sala muy molesta, haciendo ruido con sus zapatos nuevos que tenían un tacón de apenas dos o tres centímetros de altura; sus primeros tacones altos, según decía ella. Como no podía concentrarme en lo que quería hacer, le pregunté qué le sucedía. Me dijo que estaba harta de que se la tratara como a una niña pequeña, que ya tenía trece años y que nuestros padres querían controlar qué amigas debía tener y cuál debía ser la música que debería escuchar. Le parecía absurdo que, en el tiempo que estábamos, tuviéramos que rendir cuentas de todo lo que hacíamos cuando en otros países los jóvenes de su edad hasta vivían solos, y ellos veían cómo mantenerse sin la ayuda de los mayores. La verdad es que no sabía dónde había oído tanta mentira, pero no quise contradecirla para continuar siendo su confidente; necesitaba que la escuchara, no que la aleccionara, así que decidí callar. Le dije que comprendía cómo se sentía, pero que nuestros padres nos amaban y siempre querían lo mejor para nosotras, que habían vivido más años que nosotras, visto mucho, y que seguro estaban más temerosos que nosotras con tantas cosas nuevas que se daban en el mundo. Le dije que fuera paciente con ellos. Se sintió mucho mejor después de que hablamos y me prometió contarme siempre sus problemas. Nos abrazamos fuertemente. Fue un momento importante en nuestra relación de hermanas. Elena sacó entonces un hermoso cuaderno con una pasta gruesa de color rosa y me mostró que se trataba de su diario. Me dijo que quería que lo leyera, que deseaba compartir cómo se sentía a veces, y que quizás al leerlo yo la entendería mejor. Me despedí de ella y me dirigí a mi cuarto para leer su diario. Pasé un par de horas conociendo el alma de mi hermana. Me sorprendió mucho su manera de pensar, pero lo que más llamó mi atención fue lo siguiente:

17 de diciembre de 1957

Es el cumpleaños de mi mamá. Fuimos a celebrar a un elegante restaurante chino. Me vestí con unos pantalones ceñidos y un suéter muy corto, pegado al cuerpo. Mamá me obligó a cambiarme de ropa porque dijo que esa era ropa para una muchacha mayor, no para una niña de doce años. Justo hoy en la escuela hablábamos en la clase de historia universal de cómo en el pasado las mujeres se casaban a los doce o trece años y empezaban a tener hijos a esa edad. No puedo creer que mi mamá esté tan ciega y no vea cuánto he crecido, ya no soy la bebé de antes. Odio que quiera que haga todo a su gusto. Quiero vestirme como las demás muchachas, no por verme como ellas, sino porque a mí me gusta ese tipo de moda. Me pregunto cómo habrá sido la moda cuando mi mamá era joven y si su propia mamá controlaba su manera de vestirse. Y si se trata de chicos, estoy más que segura que mi mamá se escandalizaría. Mis amigas hablan de tener enamorado el próximo año, y yo no quiero ser la única que no tenga uno. Por la forma en que se porta conmigo, voy a tener que idear una manera de arreglármelas para que me deje en paz. Me encantaría vivir en otro país, donde los jóvenes de mi edad hacen lo que les da la gana. Voy a hacer como en las telenovelas y un día de estos me voy a ir de la casa.

Luego de terminar de leer el diario de Elena, me alarmé un poco, pero después me calmé pensando que quizás al escribir en su diario se deshacía de la frustración que sentía y que no era más que eso, una manera de desahogarse. Lo que había leído había ocurrido hacía unos buenos meses, y Elena nunca había huido de la casa o intentado hacerlo: se trataban de ímpetus del momento. Enterándome de los más recónditos secretos de mi hermana, sentí ganas de compartir con ella mis diminutos rollitos, los pergaminos de Don Fernando, pero decidí que no estaba lista para ello, o por lo menos no quería hacerlo. ¿Estaría privando a nuestra generación de un patrimonio de la civilización? ¿Debería asumir mayor responsabilidad frente a los manuscritos y al hecho de que podrían abrir puertas hacia el pasado? Lo único de lo que estaba segura era de que yo los había encontrado y que era yo quien los leería; además, las paredes donde habían sido hallados me pertenecían, o por lo menos a mi padre. No me cabía la menor duda de que esos pergaminos eran míos, y solo míos.

Al día siguiente, Elena me preguntó qué pensaba de su diario. Le dije que me sorprendía cuánta frustración sentía. Me dijo que no era siempre el caso, sino que cuando estaba molesta, solía ponerse a escribir y de esa manera se le pasaba la rabia más rápidamente. Mi hermana resultaba ser más sabia de lo que yo pensaba; con sus apenas trece años, me había enseñado algo. Quizás Don Fernando también pensaba como ella. Prometí a Elena que trataría de abogar por ella cada vez que mis padres la sobreprotegieran o cuando ella me hiciera saber que la sofocaban con su disciplina. No me cabía duda de cuán responsable y correcta era mi hermana; al mismo tiempo, sabía lo alegre y entusiasta que era, y era precisamente esa faceta suya lo que confundía a mis padres; no entendían su pasión por las cosas, pensaban que ese ímpetu le traería problemas. Pero no era así sino que eran otros tiempos, la gente era más abierta, más espontánea. Tendrían que aprender a lidiar con una hija como Elena; yo era más parecida a ellos, menos extrovertida.

Como ahora mi hermana y yo nos habíamos convertido en aliadas, un día vino con la noticia de que sería una gran idea organizar una fiesta en nuestra casa para celebrar la primavera. ¿Otra fiesta? Era la segunda fiesta que dábamos nosotras como anfitrionas, no nuestros padres. Pero, ¿una fiesta celebrando la primavera? Sabía que no era algo que se estilara, pero estaba segura de que muchos muchachos y muchachas se entusiasmarían con la idea. Al comienzo no me pareció bien tener a un grupo de chicos en casa pero, como Elena era sumamente persuasiva, terminó convenciéndome. No me fue fácil convencer a mi madre; me hizo todo tipo de preguntas, que si se portarían bien y no destruirían la casa. Le aseguré que yo me haría cargo de controlar que todos se comportaran debidamente. De inmediato me preguntó sobre qué deberíamos preparar de comer, lo cual me hizo entender que accedía a tener la fiesta en nuestra casa. Empezamos a pensar en quiénes podrían ser los invitados. Los únicos muchachos que yo conocía eran Jaime y Rafael. Decidimos invitar a unas diez o doce muchachas y les diríamos que trajeran a sus hermanos o primos. Sería un grupo de veinte a veinticinco personas.

Nunca hablamos sobre la fiesta con nuestro padre porque sabíamos que mi madre se lo haría saber. Era increíble cómo sincronizaban todo lo que hacían; eran un equipo infalible, los admiraba por actuar como lo hacían. Elena y yo estuvimos ocupadas toda la semana preparándolo todo: lista de invitados, menú, música, decoraciones, nuestros vestidos, etc. No podía negar que dar una fiesta en casa era una maravillosa idea. Mis padres también entraron a tallar en el asunto y se involucraron en la parte de la comida y la decoración. Los vi entusiasmarse con la idea de una manera que no había visto en mucho tiempo, quizás desde que Elena hiciera su confirmación.

El día de la fiesta, Elena me confesó que uno de los invitados era un muchacho que le gustaba, se trataba del hermano de una amiga de la escuela. Me alegré por mi hermana; siempre sabía lo que quería, desde pequeña. Yo estaba terminando el colegio, tenía diecinueve años y nunca me había enamorado. Y bueno, tampoco era fácil conocer a un muchacho cuando el colegio era solo de mujeres y no teníamos fiestas ni reuniones con varones. Mis amigas y yo imaginábamos conocer a muchachos en la universidad y no esperábamos conocerlos antes; era la manera en que se nos había criado.

La casa se veía muy linda. Elena y yo habíamos decorado la sala con globos de colores, cintas de papel y dibujos alusivos a la primavera que habíamos copiado de revistas; ella era muy buena para dibujar, yo la ayudé a pintar. Mi madre preparó muchos bocadillos y también unos refrescos, ninguno con alcohol; eso recién se acostumbraba servir en los quinceañeros, un traguito suave para las chicas y uno parecido, quizás un poquito más fuerte, para los muchachos. Y por supuesto, Elena se encargó de la música, de que las canciones que causaban mayor furor estuvieran listas para que todo el mundo disfrutara.

Los primeros invitados empezaron a llegar a las cinco. Mi madre dijo que podrían quedarse hasta las nueve, no más. Elena estaba nerviosa, se había arreglado muy linda para ver al chico que le gustaba. De pronto la vi un poco cambiada; le pregunté qué le sucedía, y me dijo que su amiga había llegado sola. Me dio pena por mi hermana, había estado tan ilusionada con la fiesta y quizás esa había sido la única razón por la que la organizara. Más tarde la vi más animada, vino a contarme que su amiga le había dicho que su hermano llegaría un poco tarde porque tenía que ayudar a su padre en su negocio. Al poco rato llegaron Jaime, Sonia y Rafael. Me alegró mucho verlos. Esperaba algún día llegar a conocer a alguien y poder vernos tan bien como se veían los dos enamorados; les tenía envidia, una envidia sana. Él era tan cortés con ella pero al mismo tiempo no era "pegajoso", no estaban tomados de la mano todo el rato.

La sala estaba desconocida sin los muebles que solía tener, repleta de muchachos bailando al son del *twist* de moda. Todos hablaban, sonreían, comían lo que mi madre había preparado. Aparte de Jaime, Sonia y yo, todos eran más o menos de la edad de Elena. Me sentía muy mayor junto a todos, pero igual salí a bailar cuando uno de los chicos me pidió que lo hiciera. Me preguntaba si tendría un hermano mayor tan simpático como él. En ese momento llegó a la fiesta el chico más guapo de todos los que estaban allí. Elena dejó de bailar y se acercó a él para saludarlo. Él le sonrió unos minutos, luego la dejó para dirigirse a un grupo de muchachas que estaban en una esquina y pidió bailar con una de ellas. Me apenó mucho por Elena, ese tendría que ser el muchacho a quien tanto esperaba. No estaba segura de si ir a hablar con ella o dejar pasar las cosas. Decidí dejarla sola. No los vi bailar o conversar toda la noche. Lo que sí pude notar fue que el chico bailó con distintas muchachas, no con la misma todo el tiempo.

La fiesta terminó a tiempo, como prometimos a mi madre. Elena y yo limpiamos bien, con la ayuda de Nicolasa. Cuando conversé con mi hermana, me contó sobre la rabia que le había dado Julio Saldaña, el chico que le gustaba, por no haberle hecho caso toda la tarde. Yo no sabía mucho de chicos, pero le dije que quizás le tenía miedo; lo había estado observando toda la noche y lo había visto bailando con todas menos con ella, pero con ninguna chica en especial. Elena apreció mucho mi punto de vista y pensó que tenía mucho sentido ya que su amiga, Cristina, hermana de Julio, le había dicho que él siempre preguntaba por ella y que estaba convencida de que él se "moría por ella". No podía comprender cómo o por qué un muchacho perdería el tiempo de esa manera, comportándose completamente al contrario de cómo se sentía. Elena me dijo que la próxima vez que lo viera, tendría que ser ella la que se acercara a él. No estaba dispuesta a perder el tiempo de esa manera. Una vez más, mi hermana sí que sabía lo que quería.

VIII - CAMINO A LA TIENDA

Mi padre venía cada vez más tarde a casa. Era increíble cuánto había progresado su negocio. Con unos pequeños ajustes a su inventario, un poco de publicidad y mi ayuda con la contaduría de sus libros, la Relojería Berna era uno de los mejores establecimientos de Trujillo. Todo aquel que se preciara de conocer de relojes, porcelanas y cristalería fina compraba en la tienda de mi padre, Don Remigio Cárdenas. Pero el éxito no llegaba así nada más, sino que había que ganarlo a través de duro esfuerzo. Nos levantábamos temprano para abrir la tienda, nos asegurábamos que las empleadas —que eran tres y a veces cuatro, durante las fiestas— llegaran a tiempo, que todo estuviera etiquetado, que los precios estuvieran visibles aunque de una manera sutil, para que no ahuyentaran a los clientes. Mi madre y mi hermana menor se quedaban en casa. Elena era demasiado pequeña para participar de lo que representaba hacerse cargo del negocio, y yo solo lo hacía durante el tiempo que no tenía demasiado trabajo en la escuela. De cualquier manera se me hacía muy fácil cualquier aspecto de la contabilidad porque era una materia que, aunque no llevaba en la escuela, me fascinaba; pensaba estudiar esa carrera en la universidad. Lo que yo había querido ser era doctora, pero como la universidad de Trujillo no ofrecía esa profesión y mi madre me había dado, como alternativa, farmacia —que no era exactamente medicina— terminé decidiéndome por contabilidad. Como he llegado a concluir, a través de los años, que todo cae por su propio peso, quizás eso es lo que sucedería con mi profesión. Mi decisión estaba tomada. Nada haría que cambiara de parecer.

La Relojería Berna estaba a cuatro cuadras de mi casa, así que era un recorrido soportable; bueno, más o menos, si no fuera por los tacones de moda y los vestidos diseñados de manera que solo permitían que uno diera pasos muy pero muy estrechos. Cuántas veces habría recorrido esas cuatro cuadras de ida y cuatro cuadras de regreso sin el menor percance; hasta que un día, cuando estaba más o menos a cuadra y media de mi casa, escuché una voz que me saludaba muy cortésmente. Se trataba de un hombre joven, pero obviamente mayor que yo; tendría unos veinticinco años, llevaba un traje gris con rayas blancas muy finas, sus zapatos estaban muy bien lustrados, pude ver sus calcetines grises asomándose por la boca de su pantalón. Me sonrojé un poco al mirarlo. Tenía unos hermosos ojos negros, con unas pestañas crespas, largas. Su pelo era rizado y negro, muy oscuro. Eso es todo lo que pude ver porque, por la confusión del momento, simplemente le contesté el saludo y apresuré el paso, con mis tacones aguja y mi falda apretada. Llegué a mi casa más rápido que cuando me lo proponía realmente. ¿Quién sería ese caballero y por qué estaría interesado en mí? Me halagó mucho que me hablara. Mi madre, mi confidente, escuchó con entusiasmo mi historia e inmediatamente quiso aconsejarme sobre cuán cuidadosa debía ser una jovencita como yo. Mi hermana escuchaba con atención cada detalle, aunque más le importaba que termináramos de hablar para que ella pudiera poner su disco de *twist*, alguna nueva sensación que le había regalado alguna amiga en la escuela.

Una tarde en que tuve que recoger unos libros de la biblioteca, resulté regresando a casa de noche, cosa que no solía hacer. Trujillo no era peligroso, pero siempre se nos había dicho que no anduviéramos las calles de noche, sobre todo solas. A un par de cuadras de mi casa, escuché unos pasos y pensé de inmediato en el muchacho que tanto me había impresionado el otro día, así que aminoré el paso para ver si me alcanzaba. Sí que logré mi cometido porque logré ser alcanzada pero no por mi galante admirador, sino por un extraño que olía a alcohol y cigarrillo. El hombre trató de poner su brazo alrededor de mis hombros, pero atiné a empujarlo con mis dos tomos de Historia Universal recién prestados de la biblioteca. El intruso pareció sentirse despechado y me lo hizo saber, forzándome a un abrazo casi de oso. Me apretaba tan fuerte que quise tirar los libros al suelo, pero no pude porque no tenía lugar para hacerlo; mi cara estaba plantada debajo de su mentón. Pude percibir el olor de alguien que no se había bañado varios días y que no había lavado su ropa en semanas. Sentí asco, pero también mucho miedo. ¿Qué pensaría hacer conmigo? Si mi madre o mi hermana salieran a mi rescate. Para colmo, no había ni un alma en la calle, al parecer todos se guiaban por el mismo consejo de no caminar a solas de noche. Quise gritar, pero tampoco pude porque mi boca estaba incrustada en su pecho. Tampoco pude morderlo. En cuestión de segundos pude reaccionar y atiné a patearlo en los genitales. Nunca pensé que resultaría, pero sí que lo hizo. El hombre se desplomó en el suelo y casi de inmediato cayeron mis libros sobre él, uno sobre su barriga y el otro sobre sus heridos genitales. Pagar por los libros no parecía problema en ese momento así que los dejé allí, encima de mi atacante que se retorcía de dolor. Corrí hacia mi casa como si tuviera zapatillas de correr en los pies. Al llegar a la puerta de mi casa, me di cuenta la razón de mi agilidad: mis tacones se habían roto. Se trataba de mi par de tacones altos preferidos, pero eso tampoco me importó. Cuando Nicolasa abrió, la abracé fuertemente. Me miró sorprendida pero, cuando le mostré al malhechor postrado en el piso, cerró la puerta rápidamente.

Pasó una semana sin que viera al hombre guapo que conocí en la calle. Estando en camino a la tienda de mi padre, nuevamente escuché una voz muy grave que me saludaba: "Buenos días, señorita. No me ha dicho su nombre. Me llamo Armando Quevedo Salazar, para servirla". Me tomó tan de sorpresa que no supe ni cuál era mi nombre. Titubeando le dije: "Gabrie... Graciela Cárdenas Cortés, encantada". Al parecer mi sonrojo y torpeza agradaron a Armando porque me mostró una bella sonrisa, de oreja a oreja. Pude confirmar una vez más que se trataba de un joven muy atractivo. Me preguntaba si tendría novia. Mi madre me había aleccionado sobre los hombres mayores, guapos, distinguidos; me había dicho que me cuidara de caer en sus redes, que hablaban bonito y que le ofrecían a uno las estrellas, y que no les creyera ni una palabra. En el momento en que terminaba de recordar todo lo que mi madre mi dijera desde que tengo uso de razón, Armando me preguntó si quería ir a ver un partido de fútbol que habría el sábado, donde él jugaría como arquero. Estudiaba en la universidad a la que yo estaba postulando. Me gustó la idea de que un estudiante mayor que yo, guapo y encima de todo, deportista, se interesara en mí. Me dijo que vendría a recogerme temprano para que mi madre lo conociera y no tuviera problema en dejarme ir con él. Olvidando todo lo que me había dicho mi madre, accedí sin pensarlo dos veces. Le di mi dirección y le dije que me recogiera a las once de la mañana.

Al regresar a mi casa por la noche, relaté mi encuentro a mi madre, quien estuvo muy contrariada por mi conducta. Al mismo tiempo, ella sabía bien yo era una muchacha tranquila, responsable, que siempre había obrado como se esperaba de mí. Quizás eso la preocupaba, porque hasta ahora siempre había estado bajo su guía y me veía convirtiéndome en mi propia persona. Al final, y contra todo lo que me había inculcado, aceptó que fuera al partido de fútbol con Armando, bajo una condición: que llevara conmigo a mi hermana Elena. No me pareció demasiado pedir, así que acepté sin problema.

El sábado desperté muy temprano, como a las seis; no podía dormir más sabiendo que tendría que arreglarme, verme bien para mi primera cita, mi cita con Armando Quevedo Salazar. Pensé que su nombre era largo, un nombre romántico, si es que existía un nombre romántico. Continué soñando en la ducha, pensando cómo sonarían mi nombre y su apellido: "Graciela Cárdenas de Quevedo, la Sra. de Quevedo". No sonaba nada mal, porque yo también tenía un nombre largo, un nombre romántico. Me vestí con la blusa más linda que tenía, color rosa, con una falda nueva color crema que me había puesto solo para la confirmación de Elena. Me puse un cárdigan blanco, unas medias cubanas blancas, mis zapatos rosa que casi no tenían tacón. Mi madre me prestó un collar de perlas muy delicadas, y me puse unos aretes que hacían juego con el collar. Elena me prestó una carterita rosa que iba muy bien con mis zapatos.

Armando llegó a recogerme temprano, como había prometido. Mi madre abrió la puerta, aunque yo estaba lista desde hacía horas; me dijo que ella debería ser la que le abriera la puerta. Conversaron un rato, y luego mi madre me llamó sonriente. Al parecer, Armando y ella habían tenido una buena charla. Todo marchaba perfectamente. Elena también estaba lista y al parecer también gustaba de Armando, porque de inmediato empezó a bromearle como si lo conociera de toda la vida. Pensé que era el escenario perfecto: mi madre, mi hermana y Armando se llevaban de maravilla.

Al llegar al lugar donde se jugaría el partido, nos encontramos con muchos estudiantes de la universidad. Muchas chicas estaban mirando los juegos. Apenas vieron a Armando, se pusieron todas inquietas, y empezaron a gritar llamando su nombre. Él se excusó con mi hermana y conmigo por un minuto para ir a saludarlas. Todas las chicas, alborotadas corrieron a abrazarlo y besarlo. ¡Una de ellas fue tan osada de pasar sus dedos entre los cabellos de Armando! No podía creer cuántos celos sentí al verlas cogidas de su cuello. Me corroía la rabia. Quería matarlas, pero traté de controlarme y no mostrar emoción alguna. Elena, que no era tonta, me dijo: "Graciela, qué popular es tu amigo. ¿No te sientes celosa de compartirlo con tantas chicas bonitas?" Ella sabía cómo me sentía. Al final compartíamos la misma sangre, y seguro que ella se habría sentido celosa si el chico con el que salía, aunque fuera su primera cita, era la atracción de tanta jovencita. Armando regresó sonriente como si nada hubiera pasado. Me buscó un lugar donde sentarme y me dejó allí con Elena. Nos dijo que vendría por nosotras cuando hubiera terminado el evento. El partido estuvo muy reñido, y el equipo de Armando perdió uno a cero; pero él jugó de maravilla, siempre lanzándose por donde fuera la pelota cada vez que trataran de meterles un gol. Yo sabía muy poco de fútbol. Bueno, más o menos como cualquier otra muchacha, aunque las que gritaban el nombre de Armando parecían saberlo todo. ¡Cómo las odié ese día!

Camino a casa, después del partido, Armando nos llevó a comer helados a una cuadra de mi casa. En un momento, cuando mi hermana no estaba con nosotros, empezó diciéndome "Chela…" y luego continuó: "¿Te molesta que te llame así?". Nunca me habían llamado de esa manera, y la verdad es que no estaba segura que me gustara, pero el simple hecho de que fuera Armando quien pronunciara ese nombre me hacía pensar que era una manera especial de pensar en mí. ¡Habría cambiado mi nombre por completo si él me lo hubiera pedido! Conversamos un poco. Me contó que estaba en su último año de Arqueología y que esperaba poder enseñar en alguna universidad en Lima, pero que también le interesaba poder trabajar en un museo y viajar por el mundo. De inmediato sentí una afinidad increíble por la arqueología. La verdad era que no sabía bien de qué trataba, pero decidí que me gustaba y que debería pensar en seguir esa carrera. No se lo dije a Armando porque no quería mostrar que estaba interesada en él. Cuando me preguntó qué estudiaría, le dije que contabilidad porque así podría ayudar en los negocios de mi padre. Pero si había algo que me ayudaría a descifrar mis pergaminos era el estudio de la arqueología. Una vez más, el destino me mostraba el camino.

Al llegar a casa, hablé con mi madre y le hice saber de mi decisión de estudiar arqueología. Ella no supo qué pensar. No se opuso porque le sonaba interesante el campo que había escogido, pero no comprendía cómo de pronto había cambiado de parecer y sobre todo cómo me había ido de un carrera como la contabilidad a la arqueología; no encontraba lógica en mi decisión, pero no mostró la menor contrariedad, sino que me apoyó. Dijo que hablaría con mi padre y que estaba segura de que él también estaría contento. La ayuda que yo le daba a mi padre en la tienda era grande, pero él se las arreglaría, me prometió mi madre. Me repitió que lo importante era que yo estuviera satisfecha con la carrera que deseaba estudiar.

IX - Mejores amigos

Me parecía increíble como poco a poco Armando había entrado a formar parte de mi familia. Mi padre lo quería mucho porque, según me contaba mi madre, le recordaba a sí mismo cuando joven: entusiasta, temerario, decidido, y al mismo tiempo con una cortesía que daba la impresión de misterio, de timidez. Mis amigas me fastidiaban porque decían que sin duda estaría casándome en tiempo récord, debido a la aprobación de mis padres. Sonreía al escuchar ese tipo de comentarios porque tenían toda la razón, pero no estaba segura de querer casarme tan pronto. No me imaginaba convertida en un ama de casa, con niños corriendo por todos lados; todo eso me sonaba muy remoto, en unos buenos años, ocho o diez. Al mismo tiempo me daba cuenta de que no era un lapso muy realista, ya que ningún muchacho esperaría diez años para casarse, y una muchacha mucho menos. Pensé que debería haber algo raro conmigo al no querer casarme con un muchacho tan apuesto y bueno como Armando, sobre todo sabiendo lo popular que era con todas las chicas en la universidad. Eran como aves de rapiña, con sus garras listas a coger su presa al menor descuido.

Un día, después de más de seis meses de estar saliendo con Armando, mi madre me preguntó si lo quería. Me llamó la atención que me hiciera esa pregunta porque nunca habíamos conversado de algo tan serio. Me sentí muy adulta conversando de esa manera con mi madre y sabía que esa pregunta también venía de parte de mi padre; porque ellos se confiaban todo pero era ella la más conversadora, se comunicaba mejor con nosotras, sus hijas. Le dije que quería mucho a Armando. Me preguntó si me había hablado de un futuro juntos, de matrimonio. Me sonrojé un poco porque la verdad es que nunca habíamos hablado de eso con Armando; para mi manera de pensar, era un tema un poco prematuro, y eso mismo le dije a mi madre. No volvimos a hablar del tema.

Mi padre gustaba tanto de Armando que era a la única persona a la que le permitía conducir su Chevrolet, si es que no era él mismo o yo. Mi madre no conducía ni quería aprender a hacerlo. Recuerdo un incidente claramente como si fuera ayer. Armando y yo regresábamos de la playa, por supuesto con nuestra acompañante eterna, Elena, cuando de pronto, al parar frente a un semáforo, sentimos un empujón fuerte desde atrás. Armando bajó del auto rápidamente y nos dijo que nos quedáramos adentro. Al parecer, se trataba de un hombre que estaba ebrio y que nos había chocado. Después de arreglar las cosas, llegamos a la casa; yo no sabía qué pensar ni cómo actuar, sabía que mis padres eran comprensivos, pero no sabía con seguridad cómo tomarían nuestra historia del accidente. Mi padre, muy calmado, se preocupó por nuestro bienestar y, al ver que el daño en el parachoques del auto había sido mínimo, nos dijo que no nos preocupáramos. Era la segunda vez que nuestro Chevrolet se veía involucrado en un accidente, y mi padre tenía siempre la misma reacción, su calma y raciocinio eran siempre prevalentes. Armando se dio cuenta de inmediato de qué tipo de hombre era mi padre y, aunque no me lo dijo, sé que trataba de no defraudarlo.

En un par de oportunidades, Armando y mi padre salieron a cazar juntos temprano en la mañana; se dirigían hacia la sierra, cerca de Cajamarca. Regresaban muy tarde o a veces al día siguiente, con golondrinas, con otras aves que no conocía de nombre. También pescaban juntos de vez en cuando. Podría decir que se convirtieron en muy buenos amigos, a pesar de los muchos años de diferencia. Mi padre era un hombre muy callado, y Armando era conversador, de manera que se complementaban. Al mismo tiempo, ambos amaban la naturaleza y querían mucho a los animales; bueno, a los que no cazaban.

A veces sentía que tenía que compartir a mi novio con mi padre. Creo que me sentía celosa de que alguien conociera a mi Armando tan bien o mejor que yo. Al mismo tiempo, envidiaba que este conociera tan bien a mi padre. Elena y yo conversamos al respecto. A ella nada de eso le molestaba, aunque siempre me había dicho que le gustaría tener una relación más estrecha con mi padre, pero hacía tiempo que habíamos llegado a la conclusión que eso era imposible. Éramos como éramos: ellos eran hombres y quizás por eso se llevaban bien, o quizás tendría que ver que ambos eran del mismo signo, Piscis. Quién sabe, no quise hacerme más preguntas; tenía suficiente con todo lo que estaba indagando, día tras día, con los pergaminos de Don Fernando.

Mi madre no se quejaba de las horas que pasaba sola cuando mi padre estaba con Armando. Mi hermana y yo tampoco le brindábamos mucha atención, ya que siempre estábamos ocupadas con nuestras clases, nuestras amigas, etc. Me imaginaba que todo el mundo hacía lo mismo, algún día sería mi turno de estar sola. Me prometí ser más paciente; se trataba del amor de mi vida y de mi padre, al que adoraba. Me estaba convirtiendo en un ser muy egoísta. Una confirmación de mi egoísmo eran mis rollitos, que podría compartir con mi familia, amigos, la comunidad en general, pero que me negaba a revelar. Me preguntaba si algún día me arrepentiría de no haberlo hecho.

En lugar de celar a los hombres de mi vida, decidí unirme a ellos la próxima vez que fueran de cacería. Fue una decisión errada por completo. Desde que salimos de la casa hasta que regresamos, al día siguiente, me sentí fuera de lugar. Hablaban de cosas que no conocía, y la peor parte era que, aunque me gustaba el campo, no sabía nada de cacería y se me hacía difícil disfrutar de este deporte en medio de las condiciones en las que estábamos. Creo que Armando y mi padre estuvieron contentos al escuchar que no creía poder acompañarlos más en el futuro. Tenía que aprender a aceptar que necesitaban una actividad propia y una relación por separado. El día que llegué a esa conclusión, me di cuenta de lo afortunada que era de poder presenciar una relación tan hermosa entre los hombres de mi vida.

El padre de Armando, Don Arturo, decidió unirse un día a la cacería, pero le fue tan mal como a mí. No cabía duda de que los únicos que parecían gozar lo que para otros era tortura eran Armando y mi padre. Nadie intentó acompañarlos más en sus expediciones en busca de presas.

Fue más o menos en ese tiempo, cuando más involucrados estábamos en nuestra relación, llegó a empañar mi dicha una noticia que me sacudió y me hizo sentir como si el mundo se terminara. En la universidad, conocí a una muchacha muy simpática, con la que congenié desde el principio; se llamaba Susana Salcedo y venía del norte, de Piura, creo. Había llegado en mitad del año, nos imaginábamos que se debía a que su padre había sido destacado a Trujillo o algo por el estilo. Era una chica despampanante a la que todos querían conocer, especialmente los muchachos. Le tenía una envidia sana, me habría encantado lucir como ella, moverme como ella, vestir como ella, y sobre todo, ser tan segura como parecía serlo. Se sentaba a menudo cerca de mí y charlábamos de todo. Le confié que tenía novio, su nombre, mis sentimientos hacia él, cuánto me quería, mis sueños de llegar a ser su esposa, le conté todo lo que le contaba a mi hermana. A los pocos meses de conocernos, recibí llamadas a mi casa en que alguien preguntaba por mí; cuando me acercaba a contestar, oía simplemente que una voz de muchacha joven me decía: "No confíes en Susana Salcedo, cuida de Armando". Eso sucedió unas dos o tres veces, y siempre me quedaba muy contrariada. Hablé con mis padres al respecto. Me dijeron que no prestara atención de lo que escuchara ya que, si se trataba de algo cierto, la persona no se escondería de esa manera. Mi hermana no pensaba igual, creía que tendría que haber algo de verdad en esas llamadas. La razón por la que la persona que llamaba no se identificaba era porque no sabía cuál sería mi reacción y para protegerse de cualquier represalia. Elena tenía razón. Mis padres trataban de hacer las cosas con calma, pero quizás no querían ver más allá, no querían alarmarme hasta tener evidencias. Lo único que sé es que esas llamadas me pusieron en alerta. La siguiente vez que vi a Susana, no fui tan espontánea cómo solía ser. Creo que ella se dio cuenta de mi cambio porque de inmediato me preguntó que si me sentía bien, que no le parecía la de siempre. Le dije que no era nada, que estaba un poco cansada. No quería revelar lo que sentía, no quería mostrar mi inseguridad frente a ella.

Decidí hablar con Armando y ver su reacción frente a lo que me había estado angustiando los últimos días. Le pregunté: "¿conoces a Susana Salcedo?". Me respondió: "¿Susana qué? ¿Es la muchacha nueva que vive cerca de mi casa? No, no la conozco". Me llamó la atención que diciendo no conocerla, Armando supiera que vivía cerca de su casa. Pensé haber escuchado un pequeño titubeo en su voz. ¿Sería mi imaginación, o me estaría mintiendo? Nunca lo había hecho. No me convenció su respuesta.

Con la ayuda de Elena, discernimos un plan para averiguar la verdad. Ella seguiría a Susana después de clase, ya que no sabría que era mi hermana y me informaría qué era lo que se traía en manos. No podía esperar a saber lo que Elena había descubierto. En la noche, nos encerramos en mi habitación. Me relató paso a paso todo. Siguió a Susana desde que salió de la universidad, la vio hablar con un muchacho, darle un beso en la mejilla y luego continuar su camino. Llegó a su casa que, en efecto, estaba apenas a media cuadra de la casa de Armando. Luego la vio saludar a la que parecía ser su madre, y entrar juntas a su casa. En ese mismo instante, vio a Armando salir para encontrarse en la esquina, a dos puertas de la casa de Susana, con el mismo muchacho que esta había saludado saliendo de la universidad. Todo parecía tan sospechoso. Los dos muchachos conversaron apenas unos segundos, el joven entregó un sobre a Armando y se despidieron. Armando entonces se acercó a la casa de Susana y tocó a la puerta. Al salir una criada, le entregó a esta el sobre que había recibido y se marchó.

Sentía que no debía estar investigando lo que hacía Armando, pero lo que me acababa de contar Elena necesitaba explicación. Ese no era el comportamiento normal de ningún estudiante y menos aun de un muchacho que se tildaba de decente, sobre todo teniendo novia.

Elena me suplicó que callara por el momento, que sería mejor volver a seguir a Susana para ver qué era realmente lo que estaba sucediendo. No dudaba que mi hermana tuviera razón; en más de una oportunidad me había mostrado cuán sensata y sabia era. Le hice caso y callé, aunque me fue difícil. Armando pensaba que estaba molesta con él, le dije que eran mis exámenes, que me tenían tensa. Creo que me creyó, pues no me preguntó más.

Esta vez, apenas a los dos días de haberla seguido por primera vez, Elena continuó su labor de espía. Siguió a Susana nuevamente. Exactamente como el otro día, esta se dirigió a ver al muchacho, esta vez le dio un beso en los labios, aunque de forma bastante veloz, como para evitar que los demás se dieran cuenta de lo que sucedía. Luego caminó rumbo a su casa y al llegar, tocó la puerta, fue recibida por su madre nuevamente, y juntas entraron a la casa. Apenas unos minutos después, volvió a salir la madre de Susana y caminó hacia el centro de la ciudad vestida elegantemente, como si estuviera asistiendo a algún compromiso importante. Casi en sincronización, el muchacho a quien Susana besó apareció en escena y tocó a la puerta de Susana. Ella abrió, se dieron un beso muy apasionado y juntos entraron a la casa. Elena permaneció allí casi una hora y no los vio salir. Y no vio a Armando por ningún lado. De regreso a casa, cerca de la universidad, se encontró con este, quien le preguntó qué hacía tan tarde y lejos de casa. Elena no sabía qué decirle, pero le inventó algo. Armando ofreció acompañarla a casa y así lo hizo. Al llegar ambos juntos, tuve la idea de que venían a explicarme lo que estaba sucediendo. Pensé que Elena los había encontrado in fraganti y que Armando había venido a decirme la verdad. En cuestión de segundos, sentí que la sangre me subía a la cabeza. Indignada le dije: "¡Cómo has podido hacerme esto! ¡Yo siempre te he sido fiel, siempre!". Armando estaba sorprendido por lo que le decía, pero mi hermana parecía más sorprendida aun. En su cara vi confusión, sorpresa y el intento de decirme, con los ojos muy abiertos, que callara, que no continuara, que no tenía razón de lo que estaba diciendo. Capté su mensaje de inmediato, pero era demasiado tarde. Armando me pidió que me explicara, y exigió que le dijera de qué se trataba tal acusación. Cuando habló me confesó que, al contestarme que no conocía a Susana, había estado diciéndome la verdad, porque nunca le había hablado y no se la habían presentado formalmente; simplemente la había visto en la universidad y de lejos cerca de su casa. Ese día se había sentido nervioso cuando le hice esa pregunta porque había estado ayudando a un buen amigo a encontrarse con ella a escondidas de los padres de esta. Sucedía que Susana y Pedro (amigo de la infancia de Armando) se habían conocido en Lima, de donde eran ella y su familia, y donde Pedro había estado estudiando su carrera. Habían sido novios desde hacía tres o cuatro años. Susana había resultado embarazada, y al enterarse de ello, sus padres decidieron alejarla de Pedro mudándose ella, su madre y una sirvienta a Trujillo, donde esperaban terminara su último año de estudios. Pedro no se daba por vencido, especialmente ahora que sabía que Susana esperaba un hijo suyo, así que habló con Armando cuando supo que Susana y su familia estaban alquilando una casa muy cerca de dónde este vivía, y le pidió que lo ayudara a concertar citas secretas con su amada. Eso era lo que había estado haciendo: entregando mensajes con la sirvienta, viendo el momento en el que los amantes pudieran encontrarse. Armando sabía que podría meterse en problemas tratando de ayudar a su amigo, pero pensaba que Susana y Pedro se amaban locamente y que los padres de ella deberían darles la oportunidad de ser felices. No sabía cuánto tiempo estaría haciendo de Cupido, pero esperaba que su amigo encontrara una solución pronto.

Creí cada palabra que me dijo Armando. No sé si era demasiado ingenua; amaba demasiado a Armando, o simplemente su historia tenía todos los elementos que la hacían creíbles. Elena también pensó que la historia tenía sentido y no dudó ni un segundo de lo que Armando nos había relatado. Me reconfortaba pensar que pensara igual que yo.

Armando me agarró de las manos y me pidió perdón por no haberme hecho partícipe de lo que estaba haciendo, pero me dijo que su posición había sido difícil al no poder hablar abiertamente de un secreto que le pertenecía a su amigo y no a él. Sentí que lo quería más que nunca. Armando era el hombre más bueno de la tierra. No puedo negar que me sentí un poco incómoda de pensar que Susana y Pedro habían tenido relaciones antes del matrimonio y que mi novio estuviera apoyando esa conducta. Al mismo tiempo sentía envidia, porque sabía que Armando siempre se había comportado con mucho control y había respetado la manera como me habían criado. Nunca habíamos hablado al respecto pero, en el tiempo que teníamos juntos, no habíamos ido más allá de besos, abrazos y caricias, aunque más de una vez sentí el deseo de más, y estoy segura que Armando había sentido lo mismo. Me contentaba con soñar despierta con el día en que me hiciera suya. Imaginaba sería el día más especial de mi vida. Nunca hablaba con nadie al respecto, ni siquiera con mi hermana.

No pregunté más por Susana y Pedro; esperaba que lograran ser felices con la aprobación de sus padres o sin ella. Los admiraba, pero no estaba segura de algún día poder ir en contra de mi familia de esa manera; la aprobación de esta era esencial para mí.

X - Código

Llegó el día de mi examen a la universidad. Estaba muy nerviosa pero, al llegar a casa, estuve convencida de que todo me había ido bien y que de seguro había pasado. Los resultados salieron a la semana siguiente. Había tenido razón, pasé entre los primeros puestos en la Facultad de Arqueología. Al encontrarme con Armando, quien me visitaba casi a diario, con la aprobación de mis padres, le informé de mi examen. Él se sorprendió muchísimo al saber que había ingresado a arqueología y no a contabilidad, como le había dicho al comienzo de nuestra relación. No me preguntó nada, sino que me abrazó muy fuerte y me dijo que estaba muy orgulloso de mí, y me besó, aunque fue muy ligera y rápidamente. Habría querido que lo hiciera con pasión. Eran varios años, casi tres que nos conocíamos, pero siempre me trataba con respeto. A veces sentía que sus abrazos eran dados de lejos. Me entraban dudas en la cabeza. Hasta llegué a pensar que se trataba de un simple amigo, que para él yo no era como las chicas que gritaban su nombre en el partido de fútbol. Lloré mucho esa noche, pensando que Armando no me quería. Elena entró a mi habitación y me encontró llorando. Me preguntó: "¿Es Armando? ¿No te corresponde?". ¿Cómo podía ser que mi hermana de apenas trece años fuera tan observadora? Le relaté el incidente. Elena me dijo: "Es en parte tu culpa. Nunca están solos. Tienen que tener un momento de privacidad. La próxima vez que salga con ustedes, voy a dejarlos solos unos minutos, pero va a depender todo de ti. Tienes que darle una señal de que te gusta y, cuando yo regrese, me vas a tener que decir que te besó apasionadamente". Mi hermana sí que era decidida. ¿Dónde habría aprendido tanto? ¿Con sus amigas, bailando el *twist*?

Un poco nerviosa, me preparé a seguir las instrucciones que me había dado Elena. Esta vez íbamos al cine, así que me pareció el lugar propicio, con poca luz, para poder ejecutar mi plan. Elena, como había prometido, nos dijo que iba al baño y nos dejó solos. En ese momento, temblorosa, puse mi mano sobre la mano de Armando, que descansaba sobre su muslo. Lo agarré dulcemente, aunque no dejaba de temblar. El no me miró, sino que correspondió mi gesto y apretó suavemente mi mano; luego la dejó y puso su brazo alrededor de mis hombros. Volteando suavemente hacia mí, me tomó del mentón con sus dedos pulgar e índice y me dio un beso en los labios. Fue un beso que sentí duró una eternidad. Sentí no poder respirar, me asfixiaba pero no por la falta de aire, sino por la pasión que despertó en mí el beso de Armando. Quería más, sentía que sus labios quemaban los míos y no quería que dejara de besarme. Al mismo tiempo me abrazaba fuertemente y frotaba mis hombros con pasión, como si quisiera traspasar mi blusa con sus manos, esas manos fuertes que me estaban estremeciendo. Pensé que me desmayaba. Mi corazón palpitaba fuertemente, con latidos que estoy segura podía sentir Armando a través de mis labios y mi ser. En el momento en que cambiaba yo de posición para abrazarlo, sentí que su torso era fuerte y musculoso. La pasión me embriagaba y enloquecía. La oscuridad de la sala era nuestra aliada, testigo de un beso apasionado. En ese momento, cuando sentía explotar de deseo, regresó Elena. Armando y yo nos incorporamos en nuestros asientos y permanecimos mirando al frente hasta el final de la película, pero continuamos cogidos de la mano toda la noche.

Desde ese día, la manera en que Armando y yo nos tratábamos cambió. Nuestra expresión de amor era pública.

Caminábamos tomados de la mano por la calle y, aunque no lo hacíamos delante de mis padres, ellos sabían que éramos novios y que nuestra relación era seria. Conocí a sus padres, Don Arturo Quevedo Ortega y Doña Lucrecia Sánchez de Quevedo. Me querían mucho. Nunca habían tenido una hija y me decían que era así como me veían.

Pasaba el tiempo; pensaba que Armando era el hombre de mis sueños y estaba decidida a casarme un día con él, tener hijos, vivir el resto de mi vida junto a él. Estaba ahora en mi segundo año de arqueología, carrera que me había servido mucho en mi búsqueda de información sobre los pergaminos de Don Fernando. Además, Armando me ayudaba mucho con mis estudios y me permitía asistir a sus excavaciones en el museo, donde él hacía sus prácticas. Y un día, en una de nuestras visitas a las ruinas en las afueras de Trujillo, Armando me dijo: "Cierra los ojos. Ábrelos ahora". Tenía frente a mí a un cachorrito que más parecía un pequeño roedor. Se trataba de un perro oriundo del Perú, que no tenía pelo. Le pregunté dónde lo había encontrado. Me dijo que había sido de un amigo del barrio que no podía cuidarlo, porque viajaba a Lima a continuar su especialidad en Derecho. Me dijo que el cachorrito se llamaba "Código" porque su amigo lo había encontrado un día en que daba un examen sobre el código penal. Me hizo gracia el nombre y, de alguna manera, me gustó. Pero Armando tenía otra noticia más: tenía que dejar Trujillo, se mudaba a Lima a buscar trabajo en la Universidad Mayor de San Marcos, compartiría un apartamento con su amigo que estudiaría derecho en la misma universidad. Código era un regalo para que no me sintiera tan triste. Me prometió que me visitaría cada vez que tuviera vacaciones y que me escribiría todas las semanas. Me puse a llorar y le dije que no podía creer que me hiciera eso, que de hecho no me quería. Yo sabía bien cuánto me quería, pero me daba tanta rabia pensar que nos separaríamos. Le dije que, si se iba, lo nuestro terminaría, que no podía llevar una relación a la distancia. Armando me suplicó que lo pensara, que la situación no era tan mala como pensaba, que sobreviviríamos un poco más de un año hasta que yo terminara mi carrera y que nos casaríamos entonces. No quise entender razones. Me empeciné con mi idea de romper, aunque me partía el corazón solo pensar en ello.

Mis padres estaban muy tristes por mí e insistían en que comprendiera a Armando. Sabían cuánto me quería. Yo no hacía caso a nadie, ni siquiera a Elena, que me suplicaba que cambiara de parecer. Me decía que cometía el peor error de mi vida. Ella había oído hablar de que, en la capital, las muchachas eran muy atrevidas y, si Armando no tenía novia, lo acecharían de inmediato. Él era un caballero y me había respetado tantos años, eso era prueba de sus intenciones y de la seriedad de la relación. Todo me hacía pensar que Elena tenía razón, pero quizás mi despecho y capricho pudieron más que la lógica, así que decidí romper con Armando. Le dije que no quería volver a verlo jamás. Armando partió de mi casa muy triste, hasta vi un par de lágrimas sobre su rostro. Quería abrazarlo por última vez, tocar su torso fuerte y sensual, besar sus labios carnosos y tibios por última vez. Hasta pensé en perderme en sus brazos y dejarme amar como no nos lo habíamos permitido en todo ese tiempo. Mi terquedad era máxima; aun con esos deseos ardientes por que me hiciera su mujer, lo dejé partir. Vi alejarse de mí al amor de mi vida.

No sabía cómo llamar la atención para que Armando no me dejara. Cuando me llamó para despedirse, no quise contestar el teléfono y le dije a mi hermana que le dijera que no podía acercarme porque estaba en cama, que estaba muy enferma. Nunca había hecho algo así, tratar de manipular a la gente; pero es que no tenía otro recurso, quería que se olvidara de sus planes. ¿Por qué tendría que estudiar en Lima? Había tanta gente que estudiaba, trabajaba, vivía en Trujillo, ¿por qué tenía que dejarme ahora que estábamos tan contentos? Escuché que Elena le decía que no estaba mal, que era algo leve. No podía creer lo que escuchaban mis oídos. Mi propia hermana me desmentía. Cuando colgó el teléfono discutimos a gritos, cosa que no solíamos hacer nunca. En nuestra casa jamás se escuchaba un grito, o a alguien levantar la voz. Elena me dijo que no podía ser cómplice de mis mentiras, que no era justo que Armando llamara para despedirse desde el aeropuerto, y que lo asustara al punto de que hubiese pensado en cancelar su vuelo o poder haberse accidentado tratando de llegar a verme. Me sacudió, literalmente, que mi hermana me hiciera ver cuán egoísta era. Si tanto decía quererlo, debería desear lo mejor para él, y al parecer lo mejor era que continuara su vida en Lima. Sabía que mi hermana tenía razón, pero me empecinaba en continuar con mi rabieta. Mi madre no decía nada y por suerte nunca se enteró de mi juego de hacerme la enferma; creo que se habría decepcionado al saber cuán inmadura era su hija mayor.

El mundo que me había trazado junto a Armando se derrumbaba. El futuro que pensaba forjar con el hombre más maravilloso del mundo había desaparecido. Nunca pensé en conocer a un muchacho tan completo, alguien que me comprendiera a plenitud como lo hacía él. No existía esperanza para mí, el mundo se cerraba frente a mis ojos. En mi desesperación, pensé en lo que se habría hecho en los tiempos de Don Fernando; de seguro que una mujer en mis circunstancias habría pensado de inmediato en entrar a un convento. De la manera en que me sentía y con el ánimo que tenía, no me parecía tan descabellada la idea. ¿Cuáles serían los requisitos para ser admitida en un convento? ¿Habría una edad mínima o máxima? ¿Podría continuar con mi secreto de los pergaminos? ¿Podría esconderlos en mi habitación? ¿Sería una habitación compartida con otras novicias o tendría mi propio cuarto? El hecho de guardar un secreto de seguro no iba muy bien con la intención de ser religiosa.

Aunque pensé mucho tiempo sobre mi vida, las clases y mis pergaminos me mantuvieron lo suficientemente ocupada como para no lograr que me deprimiera del todo. Mi madre y mi hermana me ayudaron mucho; aunque pretendían no hacerlo adrede, lograron que saliera casi todos los días y siempre estaban organizando actividades en las que me veía rodeada de gente, sobre todo de muchachos de mi edad, lo cual –estaba segura– no era ninguna coincidencia.

Un recuerdo tierno de Armando era el pequeño Código, que crecía muy saludablemente. Era el cachorrito más cariñoso que había visto. Bueno, nunca había tenido un perro, pero los que tenían mis amigas no se comparaban a Código, creía yo. Elena me daba la razón y lo quería tanto como yo. Mis padres también lograron sentir ese cariño por este pequeño ser que alegraba nuestras vidas, moviendo su colita cada vez que nos veía sin importarle cuántas horas había estado solo, a dónde no lo habíamos llevado, o qué delicias habíamos comido de las que no le habíamos convidado. Su lealtad era máxima, no guardaba rencor absoluto. Tendría que haber aprendido una lección de mi perrito Código, pero me rehusaba a aprender lo que me enseñaba la vida; o más bien, era consciente de cómo debería actuar, pero me negaba a cambiar de rumbo.

Algo disipó un poco mi contrariedad y fue mi madre y yo tuvimos unos meses de conflicto y preocupación por la conducta de Elena. Después de sentirse despechada por la manera en que Julio la evadió en la fiesta que tuvimos en casa, pareció que había decidido tratar de conquistar a cuanto muchacho se le cruzara en el camino, sin importarle si se trataba de chicos que realmente merecieran la pena tener como novios o incluso amigos. Salía de noche sin avisar a dónde iba o a qué hora regresaba. Al comienzo fue algo sutil, y no nos dimos cuenta de sus andanzas sino hasta que una noche, cuando estábamos todos acostados –incluso mi padre, quien regresaba tarde de la tienda–, escuchamos un ruido de pasos. Asustados, coincidimos todos en la sala donde, al encender las luces, encontramos a Elena en el suelo, con los zapatos en una mano, desaliñada y oliendo a licor. Mi padre, recto pero al mismo tiempo reservado como era, la agarró de un brazo y la ayudó a que se pusiera de pie. Mi madre corrió a la cocina a traer un vaso con agua y se lo dio a Elena quien, al tratar de beber, terminó derramándola sobre su vestido nuevo, lo cual la apenó de inmediato porque sabía que se trataba de una tela que solo se lavaba en seco, en la tintorería. Por lo menos su reacción nos dejaba concluir que no estaba del todo ebria; así lo conversamos entre los tres; ella escuchaba todo pero no decía palabra. Nadie le preguntó nada, sino que mi madre me pidió que ayudara a mi hermana a ir a su habitación, que la asistiera a ponerse el pijama y que me asegurara de que se acostara de inmediato. Como precaución, me dio un macetero vacío y me dijo que lo colocara al pie de su cama. Elena y yo avanzamos lentamente a través del patio interno de la casa, a oscuras. Seguro que tenía frío, porque corría un poco de viento, y ella apenas tenía un pequeño cárdigan sobre el vestido nuevo. Me moría por hacerle preguntas. Con los años que le llevaba, nunca había probado más de un par de sorbos de licor, nunca había logrado terminar ni una copa de vino u otro trago. ¿Cómo se estaría sintiendo? ¿Le dolería la cabeza? Estaba dispuesta a bombardearla con todas mis preguntas por la mañana, cuando se sintiera mejor.

Mis padres y yo nos preparábamos para ir a misa. Nadie hablaba o se preguntaba por Elena. Yo quería decir algo pero, por la manera en que hacíamos las cosas en mi familia, habría salido de nuestros parámetros, así que callé. Cuando regresamos, después de haber dado un paseo por la playa, me atreví a preguntar a mi madre si debería despertar a mi hermana. Me contestó: "No, déjala dormir. Despertará cuando se sienta mejor". Me preguntaba si mis padres pensaban recriminar a Elena sus acciones o si dejarían todo como si nada hubiera sucedido. Esperé dos o tres horas entrando constantemente a su habitación, haciendo ruido para ver si la bella durmiente despertaba de una vez por todas. No; estaba completamente exhausta, pálida como un papel. La suerte que había tenido de no haber regresado un domingo por la noche, porque entonces sí que se habría metido en aprietos al no poder asistir a la escuela. Mis padres no podrían haber inventado una excusa porque eso no era cosa que hacían, jamás. No pude esperar más, así que me senté al filo de su cama, casi sobre una de sus piernas, para asegurarme de despertarla. Abrió los ojos, se veían inyectados. Me preguntó qué habían dicho nuestros padres. Le relaté todo lo sucedido desde que llegara y se desplomara en la sala. Estaba aterrada pensando cuál sería la manera en que reaccionarían. Me atreví a preguntarle: "por qué bebiste tanto sabiendo que nunca lo haces y que de hecho te afectaría?" Me contestó: "Tengo problemas, Graciela, tú no me entiendes, son cosas mías". Le dije entonces: "Elena, bien sabes que tus cosas son también las mías. ¿Por qué no me cuentas lo que te está fastidiando?". Me apenaba ver que mi hermanita menor pensara que estaba sola en el mundo con sus problemas, que quizás no eran gran cosa. Me dijo: "Es Julio, tú sabes, me gusta mucho pero no me hace caso, y no sé qué hacer. No puedo concentrarme en nada, pienso en él todo el tiempo y me fastidia verlo pasar por las calles con otras chicas". Me dijo que, como no podía tenerlo, se había propuesto olvidarlo conociendo y saliendo con otros muchachos, sin importar quiénes fueran; al final encontraría a uno que pudiera reemplazar a Julio. La noche anterior había salido con un chico que le llevaba más de cinco años, que estaba de vacaciones en Trujillo. La llevó a ver una película, luego a bailar. Ella me juraba no haber probado más que un par de sorbos de cerveza, pero no entendía por qué le había afectado tanto. En casa había probado vino más de una vez y nunca se había sentido así. Todo lo que recordaba era eso: el cine, el club, la cerveza y nada más; se imagina que serían alrededor de las ocho de la noche cuando estuvo bailando. Me preocupaba pensar que mi hermana no recordara nada desde esa hora cuando regresó a casa, casi a la una de la mañana. No quise alarmarla, pero mi intuición me decía que algo grave podía haberle sucedido. En clases de orientación social y sexual, nos hablaban a menudo de aditivos que se podían poner clandestinamente a las bebidas sin alterar el color o sabor de estas y que, por lo general, eran usadas por muchachos para abusar de menores. Siempre me sonó a charlatanería eso de tener que escuchar la lección como si se tratara de una telenovela, de algo que solo se ve en las revistas, en los periódicos. Nunca pensé en aplicar este concepto a mi propia vida, la de mi hermana. Antes de mencionar lo que se me había ocurrido a Elena, pensé que sería más indicado hablarlo con mis padres, por lo menos con mi madre. Me acerqué a donde estaba, sentada en la sala, tejiendo un mantelito color crema. No sabía cómo empezar la conversación. Le dije: "Elena me estuvo relatando lo que sucedió anoche, y he llegado a la conclusión de que quizás hayan abusado de ella sexualmente". Debo haber utilizado las palabras de manera incorrecta o demasiado abruptas, porque mi madre dejó su tejido, se puso de pie y corrió hacia la habitación de mi hermana. Sabía que mi madre había sido muy deportista en su juventud, pero no sabía que pudiese caminar tan rápido, me era difícil alcanzarla. Quería decirle que no había dicho nada a Elena sobre mi deducción, pero no pude hacerlo porque me faltaba el aire. Cuándo me preparé para abrir la boca, mi madre ya estaba delante de Elena, abrazándola. El rostro de mi hermana era de sorpresa; esperaba un regaño, un castigo y no abrazos de mi madre. Ella correspondió a su muestra de afecto sin decir palabra. Nadie dijo nada. Me carcomía la idea de que ahora existiera un segundo enigma sobre el cual no podía hablar o discernir. Pero me propuse conversar del asunto con mi madre. Al fin y al cabo, me sentía con derecho a preguntar y ver qué podríamos hacer, porque se trataba de mi hermana. Después de que mi madre hubiese dejado la habitación de Elena, la seguí a la sala, donde retomó su tejido como si nada hubiera sucedido. Le pregunté: "Crees que debamos llevar a Elena al médico para ver que sucedió con ella?" Mi madre se horrorizó al escuchar mi pregunta, no estoy segura si por ser yo quien se atrevía a saber más allá o por lo que sentía al pensar en que su hija haya sido violada. Me contestó: "Tenemos que decidirlo con tu padre. No hay nada que se pueda hacer al respecto para borrar lo que haya sucedido, si es que en realidad sucedió. Lo mejor será dejar las cosas como están. Elena no tiene por qué saber nada. El tiempo nos dirá qué hacer". Quería enfurecerme con mi madre por lo que acababa de decirme, pero no podía hacerlo; no estaba acostumbrada a expresar mis sentimientos de esa manera, no estaba acostumbrada a expresar mis sentimientos de ninguna manera.

Esperé semanas a que mi madre retomara el tema conmigo. Esperé en vano. No me atrevería a mencionar el tema a mi padre y, luego de la advertencia que me hiciera mi madre, no lo mencionaría a Elena. Decidí observar la conducta y salud de mi hermana. Lo peor que podría suceder, según la poca experiencia que tenía del mundo exterior, sería que Elena resultara embarazada. Luego de leer mucho sobre situaciones similares a las de mi hermana, también empecé a pensar en la posibilidad de enfermedades venéreas. Me frustraba pensar que no podría llevar a mi hermana a un ginecólogo. Me resigné a ser su confidente y escuchar cada detalle de su vida con la esperanza de que me contara sobre alguna aflicción suya, especialmente si era relacionada con su salud.

Convertida en la mentora de mi hermana menor, pasé meses velando por ella sin dejar que se diera cuenta de ello. Con el transcurrir de los meses, y al verla saludable y feliz, decidí abandonar mi labor y asumir que lo que hubiera pasado con Elena no había tenido estrago en su cuerpo y sobre todo en su alma. Si solo pudiera olvidarse de Julio. Había tantos chicos que se morían por ella. Eran más guapos, más inteligentes, más aplicados pero ella solo tenía ojos para Julio.

XI - ¿Almagro o Pizarro?

¡Qué alivio poder tener mi propio mundo! Los diminutos pergaminos de Don Ferrando eran mi refugio. Finalmente, un rollito más. Tremendo trabajo el de limpiar estos textos. A veces pensaba que me estaba inmiscuyendo en vidas ajenas, pero al mismo tiempo sabía que, desde que los pergaminos habían caído en mis manos, era mi deber descifrarlos. Esta vez encontré poco sentido en lo que leía:

Vigésimo quinto día del mes de agosto del año de 1552
La encontraba a la distancia como siempre pero la sentía cercana. Cada día transcurría con mayor monotonía sin saber si al final podría reclamarla como mía. Mi asunto con el Marqués se daba casi por finalizado, así que pensar en estar a su lado se convertía en mi mayor deseo. Tendría que investigar con ahínco y conseguir su nombre completo para poder pedir a su padre su mano en matrimonio. Cuál faena más dificultosa parecía el de hacer corte a la bella. Comparado con los trabajos que yo hiciera, esta labor debería ser cosa fácil. Lo que sucedía era que, en el campo del amor, siempre me había echado para atrás, pretendiendo saberlo todo y no dejarme aconsejar por muchos mozos que, aunque en años menores que yo, sabían muchísimo más, y de ellos perdí aprender lecciones. No sabía por dónde empezar, si acercarme a ella y de una vez conversarle o si buscar dónde moraba y tocar a su puerta para hablar con su padre. Decidí dejarme llevar por el destino y despertar un día al alba y recorrer el pueblo; si la encontraba bien y si no, a su puerta me presentaría.

¿Cómo podía ser que con ella tropezara en el pasado a cada paso que daba, y ahora que la añoraba no podía dar con la bella? Transcurrió un día y medio del siguiente y no pude verla. ¿Me acordaría de su rostro, del color de sus cabellos y de lo aterciopelado de su piel? ¿Qué sucedería si no la encontrara más? ¿Y si hubiera dejado el pueblo para siempre sin volver atrás? Cuántas interrogantes sin respuesta y lo peor aun, ni huella de mi doncella. Recorrí los mismos lugares donde en el pasado la había podido admirar y, para suerte de mi alma, pude quedar una vez más admirado de su belleza sin par. Allí, frente a mis ojos estaba, la reina de mi destino, la emperatriz de mi alma, la razón de mi existir. Esta vez y con temor a que, como por arte de magia, se desvaneciera en mi presencia, me acerqué a mi querida y con aplomo le pregunté por su nombre, así sin siquiera ofrecerle un saludo del día. Me contestó con la voz más pura y angelical que mis oídos hayan gozado: "Catalina". Yo quería de ella saber su nombre completo para poder de inmediato acudir a pedir en matrimonio su mano, pero mi determinación olvidé en un momento, puesto que en su presencia embriagado me encontraba. Al parecer Catalina de eso se dio rápida cuenta y muy avispada me preguntó que quién era y qué de ella deseaba. No quise alarmarla al apenas conocerla, así que le dije que era un amigo de su familia y que quería ir a su padre saludar. La doncella, tan inocente como era, sin preguntar más detalle, me condujo al lugar donde su familia moraba. Entró entonces Catalina a una casona que estaba situada en una gran esquina, a unos pasos del río donde yo la hubiese visto en mi vida por primera vez. Regresando confundida, me informó que su padre había viajado a Trujillo a decretar sobre unas tierras que el Virrey le había concedido como pago a su ardua y leal labor a través de los años. Aunque mi mente estaba centrada en la bella doncella, no pude evitar pensar que el Virrey generoso estaba siendo con territorios con los cuales beneficiarse mejor la Corona podría. Tristemente me preparaba a despedirme, cuando a mi encuentro salió una dama

tan o más bella que la propia Catalina. Mercedes, dijo llamarse y presentóse como la madre de Catalina. Era increíble que en tan corto tiempo hubiesen mis ojos presenciado a las mujeres más hermosas de este universo. Sin hablar mucho, me conservé tratando de no perder cada detalle, cada movimiento de estas dos musas que me albergaron con gran gracia. Aunque quería hablar a Mercedes de Catalina y mi intención de hacerla mi esposa, sentía un peso grande me lo dificultaba. ¿Es que un hombre, a mi edad, podría caer bajo el hechizo de madre e hija y estar tan turbado de no poder ver claro? Decidí que era mejor despedirme sin más, y prometí regresar y saludar a Don Octavio cuando este hubiese regresado de Trujillo.

Despertaba exhaltado, soñaba con Catalina, que me correspondía, que me quería. Eran sueños que no compartiría por no faltar a la dignidad de una joven doncella. Pero en otros sueños estaba también Mercedes, y los tres parecíamos estar felices juntos. ¡Qué aberración, no podría a nadie mencionar detalle! ¡Ni el obispo de la ciudad me volvería a mirar si se enterara de tremendos sueños! En sueños, a veces más parecidos a pesadillas, nombres de caballeros ilustres a mi acecho iban. Voces resonaban diciendo "Pizarro"; otrora leía en tinta fresca escrito sobre gruesos muros el nombre "Almagro". ¿Estaría mi mente enajenada confundiendo detalles de mis faenas con mi vida de amores? ¿Qué eran tantas alusiones a dignos hombres frente a mi delirio con Catalina o su madre?

Fernando de la Piedra y Arévalo

Don Fernando parecía estar locamente enamorado de Catalina pero también sentía atracción por la madre de esta. ¡En qué lío se estaba metiendo! ¿De qué estaría hablando cuando se preguntaba tanta cosa? No creía pensar que estaba leyendo los escritos de un loco, sino de un loco de amor. Aunque no tenía experiencia con muchachos –aparte de la relación que había tenido con Armando– estaba convencida de que en cualquier época una relación como la de Don Fernando habría representado un gran dilema, o más bien un gran problema. Quizás él era más avezado que yo; o quizás por ser hombre y yo mujer, pensábamos de distinta manera. Me encantaba entrar en los pensamientos de Don Fernando porque no solo me mostraba la perspectiva de un hombre, sino que se trataba de un hombre de 1552. Era aprender historia de una fuente directa. Me preguntaba si quizás debería haber estudiado historia. Como buena soñadora que era, me pasaba horas haciéndome miles de preguntas. En realidad casi nunca encontraba respuesta a mis preguntas, sino que deambulaba en mi nube de incógnitas, y una pregunta me llevaba a otra sin encontrar solución a nada. ¿Toda la gente estaría tan a gusto consigo misma como lo estaba yo? Mis amigas siempre querían salir, estar con alguien, conversar; yo podía pasar las vacaciones sola, leyendo, escribiendo. Por suerte mi hermana era muy sociable y amiguera, así que nunca parecía estar necesitando de mi compañía. Conversábamos, nos reíamos, pero me permitía estar sola. Lo mismo sucedía con mi madre y yo; hablábamos de nuestras cosas, pero ella tenía sus propias amigas. Me imaginaba que mi padre y yo éramos más parecidos. No sé por qué habríamos discutido cuando me enseñaba a manejar si con las justas pronunciábamos palabra. Ahora que había roto con Armando, mi mundo de aislamiento me servía más que nunca. Me hacía también miles de preguntas respecto a él: que si no me quería, que si dejaría sus estudios por regresar a mí, que si sus padres le habrían obligado a estudiar en Lima, que si habría sido mejor conversar con él, escucharlo. De cualquier manera era demasiado tarde; ya le había dicho lo que pensaba y no iba a echarme para atrás, esa no era mi manera de ser. Quería demostrarle lo muy molesta que estaba. No podía negar mi temor porque otras muchachas empezaran a tratar de cautivarlo, con lo atractivo y simpático que era Armando. Seguro que conocería a mucha gente. ¿Por qué tendría que arruinarlo todo ahora que nos llevábamos tan bien? ¿Qué pensarían mis amigas? ¿Estarían esperando que les hablara al respecto?

Decidí contárselo todo solo a mis dos mejores amigas, Soledad Carbajal y Liliana Acevedo. Eran las únicas chicas con las que había continuado amistad desde que teníamos como doce años y todavía nos veíamos en la universidad, aunque no estudiábamos juntas. Soledad se graduaba de profesora de primaria, y Liliana estudiaba enfermería. Las cité en mi casa y les relaté lo ocurrido. Ambas me dijeron que había hecho mal, que debía haber comprendido a Armando. Después de hablar con ellas, me sentí peor que antes. Quizás mis amigas tenían razón, cualquier chica habría entendido. Pero yo nunca había querido ser como cualquier otra chica; siempre me empeñaba en tener la razón en todo, en mantener mi punto de vista incluso cuando sabía estar equivocada. Hablé con mi madre y mi hermana, y les comenté lo que mis amigas habían dicho. Ambas me dijeron que me apoyaban porque era yo la que decidía, que no importaba lo que los demás dijeran, sino que era mayor y debía decidir por mí misma; y si un día descubría haber estado equivocada, entonces tendría que afrontar las consecuencias, sin miedo, simplemente afrontarlas. Tenían razón, pero lo que me martirizaba era tener que ser yo la que decidiera. Habría querido que mi madre me obligara a cambiar de decisión. ¿Por qué era tan obstinada? Me dolía tanto cambiar de parecer que estaba dispuesta a renunciar al amor de mi vida.

XII - Sus vidas, mi vida

Desde que Armando viajó a Lima, pasé casi todo mi tiempo en mi habitación o en la biblioteca tratando de leer mis pergaminos. Logré leer varios, pero siempre estaban inconclusos. Al final de cada uno, me quedaba con un vacío grande y quería saber más:

Primer día del mes de octubre del año de 1552
Hoy la viera bañarse en el río. Pensaba ella estar sola, pero estaba yo también allí aunque no lo tenía claro ella. Difícil parecióme controlar el deseo al verla tan hermosa lavándose en las aguas. Celoso me volví pensando que otro mozo pudiese estar mirando tanto como miraba yo. Acercándome con cautela la llamé por su nombre. Catalina, asustada, corrió para cubrirse. La alcancé y le dije que estaba a salvo conmigo, que lo que quería era darle abrigo y librarla de algún extraño, sin advertir que para ella el extraño era yo. Desnuda aun y frente a mí no parecía temerosa sino que más bien la hermosa atrevióse a avanzar de donde yo estaba. Tenerla tan cerca era sacrilegio, pero no tocarla era mayor castigo. Con dulzura obtuve su confianza y la convencí de regalarme un beso. Sus caricias eran las de una mujer que conocía. ¿Sería instinto femenino o era que conocimiento tenía? Ponerme a investigar no quería, sino perderme en su cuerpo. No me importaba si algún mozo presenciara lo ocurrido, sino que más era el gozo que sentía junto a la bella. Hasta caer el alba estuvimos en el río. Catalina me adoraba y me besaba y amaba. La acompañé a su morada y le di mi primer nombre. Mi nombre completo no di por mantener su

honra clara. Catalina nada preguntaba y apenas si hablaba pero su cuerpo de moza decía más que cualquier palabra.

Fernando de la Piedra y Arévalo

Leer episodios como ese me hacía sentir tanta envidia. ¡Qué tenía Catalina que no tenemos las mujeres de hoy! Bueno, quizás sería que ya no nos bañábamos en los ríos de las ciudades ni andábamos desnudándonos por las calles. Y Don Fernando tenía que ser guapísimo, me imaginaba. Quería saber todo sobre ambos, pero no tenía idea de dónde empezar. Iría a la biblioteca e investigaría sobre ellos. Lo que me mataba era que la visitaba y terminaba aburrida, abrumada con tanto libro. Mi problema era que lo que me entusiasmaba e interesaba eran los pergaminos en sí, y no necesariamente estudiar o aprender. Me avergonzaba pensar lo poco que me importaba aprender; todo lo que quería era averiguar qué sucedía con Catalina y Don Fernando, como si se tratara de una historia de amor. Pero eso era lo que realmente representaban los pergaminos para mí.

Pasé meses buscando, metida en la biblioteca y en mi habitación. Mis padres se preocupaban por mí, porque me había pasado el verano encerrada cuando todos los demás muchachos estaban en la playa. Engordé un poco, creo; no me importaba mucho, simplemente me ponía ropa más suelta. Elena me miraba y desaprobaba mi actitud. No comprendía por qué insistía en vivir en mi burbuja.

Armando me llamaba y me escribía, pero yo me negaba a contestar el teléfono y, si llegaba una carta suya, la tiraba a la basura. Continuaba decidida a apartarlo de mi vida. Poco a poco dejó de llamarme y de escribir. Eso me deprimió más aun y me aparté todavía más de todo, concentrándome en mis estudios y en mis pergaminos. Era mi último año de universidad, así que pensé en estudiar con más ahínco. Ese año conocí a un muchacho que al parecer estaba interesado en mí, aunque yo no quería empezar otra relación que me llevara a nada. Su nombre era César Guerra Palomino y trabajaba en la biblioteca; lo veía todos los días porque me pasaba todo el tiempo allí. Parecía tratarse de un buen chico; no era atractivo, pero tampoco lo era yo. No gustaba de deportes o actividades al aire libre. Pasaba su tiempo trabajando. Averigüé que era huérfano de madre y que vivía con su padre a unas cuadras de mi casa. Un día se atrevió a hablarme. No era tan feo como había pensado; tenía unos ojos bonitos, pequeños, aunque quizás era como se veían por la medida tan alta que tenían sus anteojos, de marco grueso negro y cuadrado. Tenía pecas, pómulos altos, una boca de labios muy delgados, casi invisibles, sus cejas eran muy oscuras (casi se unían en el medio), su pelo era lacio, negro, era muy alto. Me invitó al cine un día, y acepté. Mis padres ya no se preocupaban de enviarme con Elena porque esperaban que conociera a alguien y que, de alguna manera, rehiciera mi vida y me casara. Fuimos a ver una película cómica. Estando en la sala, recordé como si fuera ayer el día en que Armando y yo nos besamos por primera vez. En ese momento, sentí que César colocaba su mano suavemente sobre la mía; su mano transpiraba y temblaba. Yo, sin esperar que me abrazara, giré mi cuerpo hacia el suyo y lo besé con toda la pasión que mi cuerpo había estado pidiendo desde el primer beso que me diera Armando y con toda la pasión que me brindaban los pergaminos de Don Fernando. Me quemaba todo el cuerpo, sentía cómo la sangre fluía rápidamente a partes de mi cuerpo que habían estado durmientes pero que querían despertar, explotar y arder de pasión. Me di cuenta que, para alguien que no hacía deporte, César tenía unos pectorales muy fuertes. Sin que terminara la película, lo tomé de la mano y lo saqué de la sala. Lo llevé a la calle y caminamos juntos hacia un parque, y allí estuvimos un par de horas, besándonos, acariciándonos. No fuimos más lejos porque no era lo que queríamos, la manera en que habíamos sido criados estaba más que arraigada en nosotros, en nuestras pieles.

Mis padres acogieron con beneplácito mi relación con César. Era un buen muchacho y me quería. Pero yo no estaba segura era de corresponderle. Por supuesto que me gustaba, me encantaba cómo me trataba, pero no estaba segura de que fuera más que eso. Aprendí que la pasión no era amor, que ese ardor se puede tener con una venda en los ojos, que la piel es sensual. Decidí no dejarme engañar por el deseo. Tampoco quería terminar una relación que sí me gustaba porque me halagaba que alguien se fijara en mí, especialmente ahora que había subido de peso, que no me arreglaba como antes, ahora que había estado aislada del mundo y que un muchacho me había permitido sacar la cabeza al sol una vez más.

Un día, sin más, alguien tocó a la puerta. Elena abrió y se encontró con Armando, que estaba de vacaciones. Yo no estaba, había salido con César a caminar. Elena informó a Armando que yo estaba saliendo con alguien. Este no pudo contener la rabia, salió a buscarnos y nos encontró sentados en una banca en el parque, a unas cuadras de mi casa. César se puso de pie al ver que Armando venía furioso. Yo le había hablado de Armando pero muy brevemente, simplemente como una relación que no había resultado. Se encontraron frente a frente. Yo me puse de pie sin saber qué hacer. Armando dijo: "Espero que sepas que Graciela es mi novia". Yo le contesté que ya no lo era desde hacía tiempo. Armando entonces alegó que, en su última carta, me decía que venía a hablar conmigo y que, si yo no lo deseara así, que le escribiera para hacérselo saber. Le dije que nunca abría sus cartas y que incluso las echaba a la basura. Armando cambió la expresión de rabia que tenía por una de desconcierto y tristeza; no podía creer que pudiese haber sido tan cruel y no hubiera leído ninguna de sus cartas. César, en ese momento, puso su brazo alrededor de mi hombro y me dijo: "Vamos, mi amor. Volvamos a tu casa". Armando no supo qué decir y se quedó allí parado unos segundos. Cuándo di la vuelta para mirarlo, lo vi sentarse en la banca con la mirada perdida. Me sentí muy mal por la manera como había tratado a Armando. Él siempre había sido tan bueno conmigo, y me di cuenta de que realmente me quería. Me encontraba atrapada por César, un chico por el que sentía afecto pero al que no amaba y, una vez más, no tenía la entereza ni las agallas para decirle al hombre que adoraba que había cometido una equivocación y que quería pasar el resto de mis días con él.

Armando regresó a Lima, y no volví a saber de él sino hasta que unas amigas me comentaron que una prima de una de ellas, María Cecilia Vega —estudiante de literatura e hija de Don Leopoldo Vega Pinzón, buen amigo de mi padre—, se casaba con él. Lloré toda la noche al enterarme. Mi madre no sabía qué hacer para consolarme. Toda mi familia quería decirme que era una tonta, más bien una estúpida por dejar que esto me sucediera, pero no era la manera en que nos comportábamos: yo era la que debía darse cuenta de sus errores. Me imaginaba lo hermosa que sería su boda, lo linda que se vería María Cecilia, lo felices que serían ese día. Incluso me torturé imaginándolos en su noche de bodas, el ardor de sus cuerpos entregándose uno al otro. Esa tenía que haber sido mi boda y mi noche de bodas, junto a Armando. Sentía rabia pero sabía que todo era mi culpa, que yo me estaba castigando, que Armando había intentado recuperar nuestra relación, y que era yo la que no lo permitía. No sé a qué hora logré quedarme dormida, pero soñé cosas raras toda la noche. Por suerte al despertar, me di cuenta de que era sábado y no tenía que ir a clases; de otra manera no habría logrado concentrarme. Después de lamentarme y llorar histéricamente durante casi dos días completos, decidí y traté de convencerme de que Armando y María Cecilia tenían derecho a sus vidas y que debía desconectarme completamente de ellos, dejar de pensar en lo que podría haber sido, porque no lo era y no sería jamás. Además, me recordaba que César no merecía que yo dedicara mi tiempo y mis pensamientos a otro hombre.

XIII - Sin pensarlo

Cada día me convencía más de que mi vida sería más fácil si simplemente me concentrara en mis estudios y mis pergaminos. César era un muchacho maravilloso, y todo entre nosotros era muy dulce pero no podía negar que nuestra relación era casi la de una pareja de cincuenta años. Decidí terminar con él porque pensé que no era justa al hacerle pensar que lo amaba cuando no era así. Se puso muy triste. Me suplicó que lo pensara. Me juró que era el amor de su vida, que nunca había conocido a una muchacha más hermosa y maravillosa que yo. Sentí que me moría al dejar a alguien que pensara tan bien de mí. Me confesó que era su primera novia, que nunca se había sentido atraído por ninguna muchacha y que hasta le había cruzado por la cabeza que nunca tendría novia, pero que todo había cambiado al conocerme. Y justamente porque me hablaba con su corazón, quise ser honesta con él y, aunque me partía el alma, le dije que no lo quería y que siempre pertenecería a Armando Quevedo. Le dije que estaba segura de que encontraría una muchacha que le correspondería y que esta sería la mujer más dichosa del mundo con alguien tan maravilloso como él. Nos despedimos, pero sentí que César no quería darse por vencido porque hasta el final me suplicó que lo pensara. Lo dejé sentado en la misma banca del parque donde habíamos pasado tantas horas juntos, conversando, y donde se había quedado Armando mirando al vacío.

Al llegar a casa, hablé con mi madre y mi hermana. No podían creer que echara por la borda una relación que, según ellas, parecía tan seria, tan estable. Me sorprendía que mi hermana pensara así, siendo tan espontánea como era. Una relación seria y estable parecía algo demasiado conformista para una chica de casi veintitrés años. De cualquier modo, allí estaba nuevamente yo, sin novio. Mi madre, como siempre, no juzgaba nada; simplemente me apoyaba y pensaba que el momento de conocer al hombre de mi vida no había llegado todavía.

Por lo menos Armando era feliz con su María Cecilia, y quién sabe si ya estarían esperando bebé. No quería saber nada de ellos. Me moría de rabia pensar que fueran tan felices. Al mismo tiempo, sabía que Armando me había suplicado, perseguido porque continuara siendo su novia y que había sido yo la difícil, la que no había querido ser comprensiva. Si estaba sola y abandonada de amor, era mi culpa y solo mía. No quería tenerme compasión. Don Fernando me proporcionaba toda la felicidad que necesitaba. Sus pergaminos eran lo que me mantenían atenta, con vida:

Vigésimo primer día del mes de diciembre del año de 1552

Mercedes correspondióme hoy cuando al mirarla, con sus enormes ojos verdes abanicara sus pestañas en muestra de aprobación por mi visita. Esta vez, aunque otra vez prendado por su gran belleza, decidí hablar con ella sobre mi deseo de desposar a la bella Catalina. Mercedes mostróse contrariada por mi interés por su hija y díjome que la doncella era rebelde y de inteligencia muy poca. No podía entender cómo una madre sobre su hija referirse así podía. Al conversar con más tiempo, pude advertir que Catalina no era hija suya propiamente, sino solamente del Conde, cuya esposa había muerto de un muy grave mal. Ahora podía entender cuál cercanía en edad entre la doncella y Mercedes, y por qué tal rivalidad. El Conde regresaría en apenas unos días y, si realmente quería con él, podría hablar

de Catalina, me informó su madrastra. Al despedirme de esta,
me hizo entrever unos pechos que en mi vida había visto. Pensar
en su figura el sueño no permitió me visitara esa ni las demás
noches. De cualquier manera sentí mejoría al pensar con deseo en
ambas damas y saber que no se trataba de una madre y de su hija.
Fernando de la Piedra y Arévalo

Me moría por saber el nombre del Conde. ¿Sería Almagro
o Pizarro, como había soñado Don Fernando? No recordaba
en mis estudios de historia que hubieran recibido ese título
pero quién sabe, de repente sí. Me imaginaba además que
esos apellidos podían haber sido comunes a muchas personas,
no tenía que tratarse necesariamente de los conquistadores.
Una vez más me enfrasqué en indagar en la biblioteca y en
saber más de la vida que mis pergaminos me lanzaban como
relámpagos. Me encantaba poder vivir cada instante de la vida
de Don Fernando. ¡Cómo me habría gustado ser Catalina o
Mercedes para poder tener a un amante como Don Fernando!
  Ya había terminado mis estudios universitarios y me sentía
poco satisfecha con mi vida. Quería recorrer el mundo. Pensé
en pasar unos años en Lima y luego ver si viajaba al exterior,
pero mis planes cambiaron cuando gané una beca para
estudiar en la Universidad de Oxford, en Inglaterra, y saqué
mi maestría en Arqueología sobre Culturas Mediterráneas.
Mis padres estaban orgullosos de mí, me extrañarían pero
al mismo tiempo querían lo mejor para su hija. Mi madre
temía que estuviera sola en una ciudad tan grande como
era Londres. Propuso a mi hermana Elena que estudiara su
carrera allá, pero ella tenía su corazón anclado en Trujillo y
nada la convencía de dejarlo. La comprendía y la envidiaba;
aunque no hablábamos del asunto, me imaginaba de quién se
trataba y estaba feliz por ella. Prometí a mi madre que tendría
cuidado, que todo saldría bien, y que mi padre y ella podrían
visitarme de vez en cuando. Fue duro despedirme de mis

amigas, aunque no eran muchas. Pero lo más difícil fue decir adiós a mi familia; sabía que los volvería a ver pronto, pero iba a ser duro estar sola, sin el consejo de mi madre, sin saber en qué andaba mi hermana, sin escuchar el suave tono de voz de mi padre. También extrañaría mucho a mi querida Nicolasa, tan callada y tímida, pero siempre tan presente en todo lo que sucedía en nuestra familia. Justamente cuando estaba a punto de partir hacia el aeropuerto, salió corriendo y me abrazó muy fuertemente; tenía lágrimas en los ojos, me miró con tristeza y me dio un paquetito envuelto en papel floreado, atado con un listón rosa muy lindo; era muy buena con manualidades y cosas artísticas. La volví a abrazar y salí de la casa con mis padres y Elena. No abrí su regalo, pensé hacerlo al llegar a Inglaterra; no quería ponerme más triste de lo que ya estaba.

El vuelo fue sin novedad. Los primeros tres o cuatro meses fueron tiempo de adaptación. Traté de no frustrarme, sobre todo con el idioma, que se supone sabía pero que, en la práctica, realmente no era así. Por suerte no era la única estudiante extranjera, así que tenían clases de inglés para gente que no fuera de habla inglesa; y allí encontré muchísimo alivio y simpatía a mis problemas.

Tal y como prometieran, mis padres llegaron a visitarme apenas a los seis meses de mi llegada a Inglaterra. Su visita me animó muchísimo. Pasamos dos semanas fabulosas visitando lugares, riéndonos mucho. Me daba gusto que mi padre, finalmente, pudiera descansar y gozar, trabajaba tan duro. Me informaron entonces que su viaje no terminaba allí, sino que continuaban rumbo a Suiza porque mi padre quería visitar a sus parientes, si todavía vivían; quería ver cuánto había cambiado todo. Me alegró pensar en ese viaje, era un viaje de mucha importancia para ellos.

Al llegar a Suiza, mi padre sintió mucha tristeza al ver cómo de alguna manera ya no se sentía tan en casa como habría querido, sentía que era un turista más. Los lugares que recorría se le hacían tan nuevos, tan distintos a su tierra, Trujillo. Pasaron un par de semanas en casa de mi tío Carlos, que volvió a llamarse Karsten al estar de vuelta en Suiza. Este tenía tres hijos, dos varones y una niña, más o menos de mi edad, pero un poco más jóvenes: Frederik, Harold y Mia. Su esposa se llamaba Angie. Mi abuela, aunque muy anciana y ciega, se alegró mucho al tener a su hijo con ella después de tantos años. Los hermanos de mi padre, a los que nunca he conocido (Karl y Roger) prometieron visitarnos en el futuro. Ambos tenían familia; uno tenía una hija de la edad de Elena y el otro un varón pequeño. Era una alegría grande para la familia el volverse a reunir después de tantos años de separación. Al despedirse, prometieron mantenerse en contacto.

A los pocos meses de regresar de su viaje, mi padre falleció de un ataque al corazón. Toda la ciudad sintió su partida. Viajé a su entierro y me quedé unos días con mi madre para apoyarla; pero a la semana me dijo que estaba bien, que estaba tranquila, que sabía que mi padre había vivido una buena vida y que él querría que continuáramos con nuestras rutinas. Él mismo nunca abandonaba la suya.

No sé si era una reacción a la muerte de mi padre, pero el hecho es que no podía conciliar el sueño. Además, me había vuelto muy miedosa, sobre todo por las noches. No podía entender cómo, recién llegada a Londres, me desenvolvía tranquilamente en mi apartamento, pero de un momento a otro, me incomodaba la caída del sol y el pensar que estaría sola de noche, en mi habitación. Pasé muchas noches de insomnio, dando incansables vueltas en mi angosta cama. Cuanto más trataba, menos lograba conciliar el sueño y finalmente, agotada de intentar en vano, caía rendida en los brazos de Morfeo casi a un par de horas del sonido de mi alarma. Hasta pensé en cosas que no tenían sentido y oía ruidos, pasos. Una noche cruzó por mi mente la horrible pesadilla; sí, porque ese es el nombre de lo que presencié esa noche que conversé con

Dante y sus personajes amorfos y repugnantes. Era increíble la manera como una persona podía recordar algo tan vivamente, como si se tratara de un hecho del día anterior. Le tenía pánico a todo. Lo que no me ayudaba para nada era la lluvia, que era constante y muy fuerte. Varias veces tuve que pararme de la cama para cerrar las ventanas que se abrían de par en par con los estallidos de los relámpagos. Me habría sido útil saber componer música, porque el ritmo de las gotas en las ventas era impresionante. Me pasé meses durmiendo a medias. Me acostumbré a mi nueva rutina nocturna.

Tendría que haber buscado empleo para oficios nocturnos. Pensé en una morgue, pero me aterraba más todavía la idea de estar rodeada de cadáveres. ¿Cómo era que de improvisto me había convertido en una persona tan miedosa? Una noche de otoño, tratando de leer uno de mis libros de texto, escuché unos pasos muy rápidos. No era mi imaginación; eran pasos verdaderos, apenas afuera de mi ventana. Mi apartamento daba a la calle, a un jardín común que teníamos los estudiantes pero, por la hora que era, no podía haber nadie merodeando por allí. Me armé de valor y de una raqueta de tenis, y abrí la ventana de manera súbita, pensando en sorprender al intruso. No había nadie. Sentí cómo los pelos de mi nuca se encrespaban. Estaba segura de los pasos, pero ¿quién los producía? En ese mismo instante volví a sentir los ruidos, miré hacia abajo y descubrí a mi terrible atacante; se trataba de un mapache que me miraba con sus ojos grandes y negros. Parecía que estuviera estudiando la situación, sobre todo porque los círculos negros alrededor de sus ojos parecían anteojos. Casi de pie, con las patas delanteras juntas como si estuviera rezando, me miraba con dulzura. Estoy segura de que nadie habría sentido esa compasión por un mapache en medio de una noche lluviosa, pero yo estaba demasiado sola como para ponerme a escoger. Cargué al animalito, que no era tan pequeño como parecía; además parecía estar bien alimentado porque pesaba mucho. Agarré una toalla

y lo sequé. Le di las sobras de mi cena, agua, le preparé un lugar
en la esquina de mi apartamento con periódicos y una toalla
vieja, y apagué las luces. Dormí como un lirón. En la mañana
alimenté a Timoteo, el nombre que le había dado a mi nuevo
amigo, y le abrí la puerta para que regresara a su mundo.

En la biblioteca, mi segundo hogar, leí mucho acerca de
mapaches y me alarmó pensar que ese pudiera tener rabia
o alguna otra enfermedad contagiosa. Al mismo tiempo,
me parecieron exageradas las medidas y prevenciones que
aparecían en los libros. De cualquier modo, un encuentro como
el mío, de apenas unas horas, no habría tenido repercusión.
Timoteo regresó todas las noches de los próximos dos meses.
Me fastidiaba no poder tenerlo conmigo todo el tiempo, pero
no era justo para él; tenía que salir y disfrutar de los árboles,
las plantas y de lo que la naturaleza le pudiera ofrecer. Quería
consultar con alguien acerca de mi nuevo amigo, pero pensé
que se horrorizarían al saber de lo salvaje que era.

Una de esas noches lluviosas, que eran la mayoría, escuché los
pasos de Timoteo y me apresuré a abrirle la ventana, preparada
con mi toalla para secarlo como hacía casi todas las noches
cuando llovía. Concentrada en el suelo, donde solía encontrar
a mi amigo, me encontré con las zapatillas de un hombre, pero
antes reparé en ver a Timoteo junto a sus pies, sangrando. El
intruso me miró con una cara más asustada que la mía. Atiné
a tirarle la toalla sobre la cara y corrí a cerrar la ventana. Cogí
el teléfono y llamé a la policía de los dormitorios. Llegaron
de inmediato, en menos de cinco minutos. Lograron capturar
al malhechor. Se trataba de un ladrón que había estado
escondido alrededor de los dormitorios viendo si lograba entrar
a apartamentos de estudiantes que estuvieran de vacaciones.
Apenas se marchó la policía, corrí a socorrer a Timoteo, pero
no pude hacer nada; estaba muerto, con una herida horrible
en la cabeza, como si el ladrón lo hubiese pateado con fuerza.
Mi amigo, mi protector, me había abandonado.

XIV - Cada uno a lo suyo

En Londres, recibí un par de llamadas de Armando y, aunque conversé con él, no entendía por qué me llamaba si se suponía estar felizmente casado. Por lo general eran llamadas muy cortas, en las que simplemente me preguntaba que cómo estaba, que si pensaba regresar, que si me gustaba lo que estaba estudiando. También me decía que le iba bien en el trabajo; no me hablaba de su esposa, y yo no se lo preguntaba. No puedo negar que me encantaba hablar con él. Pensaba en sus llamadas todo el tiempo y vivía para ellas. En un momento me preguntó si pensaba visitar a mi madre pronto, porque él estaba pensando en viajar a Trujillo y podríamos vernos. La idea me llenó de ilusión y pensé seriamente en hacerlo. Mis planes se vieron truncados por motivo de mis estudios; no había manera de salir de vacaciones sin entrar en conflicto con mis exámenes. La siguiente vez que hablé con Armando, le informé de mi problema. Se sintió tan mal como yo.

Poco a poco me di cuenta de que la relación que Armando y yo habíamos desarrollado no era lo mejor para mí ni lo que me merecía, a pesar de que nuestra separación había sido por culpa mía. Él era un hombre casado y, al fin y al cabo, a quien brindaba todo su amor y atenciones era a María Cecilia; yo tenía que conformarme con sus llamadas. Llamé a Elena para que me aconsejase. Me dijo que dependía de mí, de cómo me sentía; si el conversar de vez en cuando con Armando me hacía feliz, si no me sentía utilizada. Conociendo como conocía a mi hermana, sabía a qué se refería y lo que intentaba conseguir de mí al hablar de si me sentía utilizada. Sin querer me había estado poniendo un precio muy bajo. Sabía cuánto necesitaba de la compañía de Armando, aunque fuera simplemente por teléfono, pero tendría que ser fuerte. Mi hermana era genial, siempre tenía la mente clara. Aunque me contó que estaba atravesando un momento difícil con su novio, Julio, el muchacho que se había portado mal en la fiesta que tuvimos en casa. Sabía lo que nos habían inculcado, que queríamos llegar al matrimonio puras, pero sabía también que él no la esperaría para siempre. Se encontraba en una encrucijada. Deseaba poder ayudarla pero, en ese aspecto, mi hermana era más conocedora que yo; bueno, en realidad sabía más que yo de muchas cosas, casi todas. Le dije que actuara siempre pensando en el futuro y no en el momento. Luego de hablar con ella, me di cuenta de que yo también había madurado y que quizás subestimaba mi propio juicio.

La próxima vez que hablé con Armando, le dije que no era correcto que mantuviéramos esa relación a espaldas de su esposa, que no me sentía bien y que en realidad me sentía utilizada. Se disculpó mucho por la manera en que me sentía y prometió respetar mis deseos y no llamarme más. Al mismo tiempo, me juró que yo siempre había sido el amor de su vida y que continuaría siéndolo hasta el final de sus días. Me dijo que María Cecilia era su esposa y que siempre la respetaría, pero que él y yo habíamos nacido para estar juntos. Sus palabras me dejaron peor de lo que estaba. ¿Por qué tendría que ser todo tan difícil? ¿Por qué no se habría enfadado conmigo? Todo habría sido más fácil, sobre todo por la distancia que nos separaba. Soñé con Armando varias noches, y siempre era el mismo sueño: lo tenía frente a mí, con su uniforme de fútbol, yo con mis tacones aguja, mi falda apretada; bailábamos el *twist*; de pronto me daba yo una vuelta y, cuando volvía a mirar, se había marchado; entonces aparecían repentinamente a mi alrededor muchos chicos con rollitos en las manos que parecían los diplomas de graduación, aunque más pequeños, sacudiéndolos en el aire como si se trataran de trofeos; se reían a carcajadas de mí al verme sola y buscando a Armando. Me levanté llorando varias veces. Tenía que buscar una manera de salir de todo esto, de quitarme a Armando de la cabeza. Sabía lo que me ayudaría, lo que no me había fallado a través de los años. Desenrollé un pergamino más:

Segundo día del mes de enero del año de 1553
Al nuevo Trujillo he de viajar en el curso de un día o dos. El Marqués de mí requiere censo de los que allá habitan para hacer saber al Virrey de la manera en que mejor arbitradas estas tierras puedan ser. Aunque alejóme de Catalina, deseo con ansia a ella retornar esperando conocer más de lo que en su vida acontece. Cerciorarme debo que no exista mozo que de su corazón sea dueño. El simple hecho de pensar en tan abominable idea causa en mi ser quebranto e ira. Desafiaría a aquél que acercarse a mi doncella tratara y sin reparo su vida cesaría para evitar que corresponder a él Catalina intentara. Regresaré más que inmediatamente para conversar con el padre de mi amada. Parécenme infinitos los días que por primera vez mis ojos vieran a cuál extremo dote de belleza. Morar en soledad ha de haber trastornado mi pensamiento, porque de mi cabeza extirparla sin éxito he logrado y solamente he querido amarla con locura a cada instante.
Fernando de la Piedra y Arévalo

Habría dado todo por conocer a Don Fernando. Él y yo nos encontrábamos tan necesitados de amor que estábamos delirando, literalmente. Si tan solo pudiera transportarme a uno de los pergaminos y convertirme en Catalina. No, mejor aun: sería yo misma, y con el amor y la pasión que siento y no tengo a quién dar, lo cautivaría; vería quién es Graciela Cárdenas, qué Catalina ni qué Mercedes. Don Fernando no tendría cabeza ni corazón para pensar en ninguna de ellas. ¿Por qué era el mundo tan injusto? Fernando y yo tan solos y frustrados, y para colmo separados por la distancia de los siglos. Quería utilizar la inspiración que me brindaba la vida de Don Fernando. Me puse a escribir libretos de teatro. No era lo que solía hacer, pero mantendría mi mente ocupada. Los estudios de mi maestría se me hacían fáciles, me sobraba el tiempo. Lo que hasta el momento había leído sobre Don Fernando y sus damiselas me daba más que suficiente material para armar una buena obra de teatro. Así que empecé a escribir sin parar hasta que conseguí armar una obra de tres actos, apenas con tres personajes; sí, claro, tendrían que ser Don Francisco, Catalina y Mercedes. Por poco creo un cuarto personaje, Graciela, pero decidí dejar en paz mi historia sin interponerme en las vidas de los pergaminos. Trabajé duro y me asocié con estudiantes que también gustaban del teatro. El nombre de nuestra compañía era "Amigos de 1552". En menos de tres meses, conseguimos producir *Sobre deberes y amoríos*. Tuvimos mucho éxito con la presentación de la obra, a tal punto que se nos solicitó la presentáramos durante seis semanas, una vez al día. La gente comentaba intrigada quién era yo, que cómo se me había ocurrido una trama tan intricada, que los personajes eran muy intensos, etc. Como la presentación era en español en su totalidad, los estudiantes que no hablaban el idioma, al escuchar del éxito de la obra, pidieron que se hiciera una versión en inglés. Me halagó la idea de que tanta gente se interesara en mi trabajo. Logré contactarme con estudiantes que quisieran trabajar en la traducción de mi obra. En unos meses logramos poner en producción la versión inglesa, que se tituló *Of duty and love*. Sin darme cuenta empezaba algo que no sabía que estuviera en mí, el teatro. A pesar de que continué estudiando para obtener mi maestría en Arqueología de las Culturas Mediterráneas, mi pasión se volvió el escribir y dirigir obras teatrales. De alguna manera, y a veces, sin darme cuenta, Don Fernando y sus amantes eran siempre parte de mi obra. No quería encasillarme en obras de la misma época, así que también traté de escribir teatro contemporáneo. Pero debo admitir que, cuando le sentía el verdadero gusto a las cosas, era cuando se trataba del siglo XVI.

Conocí a gente muy interesante a través de mi nueva pasión. Lo que más me gustaba era sentir que la gente gozara con mi obra, que se sumergieran en mis historias y que no salieran hasta el final, e incluso que no quisieran salir de ellas. Pensar que alguien se tomara el tiempo de ver una de mis producciones era sumamente halagador. Aunque estaba ocupada, dedicaba tiempo a continuar interpretando mis rollitos; al fin y al cabo eran inspiración valiosa para lo que ahora era mi pasión.

Gocé unos buenos meses de esta nueva vida. Estaba a punto de graduarme, y las cosas cambiarían porque el apoyo financiero que recibía de la universidad ya no estaría allí. Pensé que la solución sería postularme a otra beca y hacer otra maestría, una en teatro. Aunque conseguí que la universidad subsidiara de alguna manera mis estudios, ya no me permitiría vivir en sus dormitorios. Tendría que encontrar una solución a mi problema. Por lo menos no tendría que preocuparme de la visa, porque me fue extendida de inmediato.

Para animar un poco mi vida, y aunque sabía que me hacía daño, mantenía correspondencia con una amiga que me mantenía al tanto de lo que sucedía entre Armando y María Cecilia. Según me comentaba, la razón por la que se decía se habían hecho novios y luego esposos se debía a que ella había resultado embarazada al poco tiempo de conocerse. Otros hablaban de que María Cecilia padecía de una enfermedad incurable y que Armando le tenía compasión, y casarse con ella era la manera de aliviar su aflicción. Me gustaba más la segunda teoría; además, Armando y su esposa no tenían hijos así que eso hacía menos posible la segunda conclusión. Mi amiga decía que se hablaba de un aborto inducido, pero los más compasivos hablaban de un aborto natural, debido quizás a su condición. Al final las dos historias se entretejían armoniosamente. Como fuera, no podía creer que Armando hubiese tenido relaciones sexuales con María Cecilia antes de casarse. No parecía el mismo muchacho que yo había conocido. Me moría de celos, pero sabía que era culpa mía que él estuviera ahora en otros brazos. Bueno, el hecho es que a través de los años, la pareja no había tenido niños y se hablaba de una posible separación y hasta de divorcio. Otros decían que eso no sería posible debido a lo tradicionales que eran ambas familias de los esposos. Sin embargo, no negaban la posibilidad de que vivieran vidas separadas, es decir, una doble vida. Me sentía culpable al analizar y participar de los chismes de la vida íntima de Armando, pero no podía evitarlo; me interesaba saber, y mi amiga era una buena fuente de información. Quizás lo que esta esperaba, al contármelo todo, era que algún día Armando y yo volviéramos a ser los novios que habíamos sido en nuestra juventud. A mí también me habría encantado esa idea. Transcurrían los años, y yo continuaba enfrascada en mis estudios, trabajo, hobbies, pergaminos, pero no tenía nada que ver con hombres; continuaba virgen, guardándome para ese hombre que quizás nunca regresaría a mí. No podía negar quererle, pero mi amor no era ese amor altruista, ese amor que no es egoísta; yo no quería que él fuera feliz, quería que volviera a mí. Lloré muchas noches sola en mi apartamento, muchas veces contemplando fotos de cuando asistíamos a partidos de fútbol. No quería desahogarme con mi madre porque ella era anciana y ya había vivido lo que el amor y el desamor entraña. Sí, porque –aunque, por lo reservada que, era nunca había compartido detalles con nosotras, sus hijas– estoy segura de que algún percance amoroso tendría que haber tocado su vida en algún momento. Elena ya me había escuchado lo suficiente, y era mi culpa si no había escuchado sus consejos, muy prácticos ellos, de seguir mi corazón, de decidir lo que mi alma me dictara. Y es que yo era muy mala para eso: nunca decidía lo que quería, sino que pensaba primero en lo que se diría de mí; y, para colmo, mi orgullo era muy, muy grande. Escribí una carta muy larga a mi amiga y le confesé cómo me sentía. Ella, al igual que yo, permanecía soltera. Me escribió diciéndome cuánto me entendía, pero al mismo tiempo me confesó que desde hacía algunos meses había cambiado el rumbo de su vida, que había empezado a verse con un hombre que la hacía feliz y la hacía realizarse como persona. Me alegré mucho por ella y se lo dije. Continuamos comunicándonos; ella contándome la vida de Armando y María Cecilia y yo leyendo sus cartas y enterándome de cosas a la distancia, pero al mismo tiempo, envidiando su nueva vida de mujer con hombre en su vida. Casi sin querer, en una de mis misivas le dije eso, que estaba envidiosa de ella y de su nueva vida. Me contestó casi de inmediato con una carta muy larga que no decía nada sobre Armando. Me dijo que sí, que el hombre con el que mantenía una relación era maravilloso, pero también me dijo que todo tenía un precio muy alto, que había perdido su virginidad y roto así la promesa que se había hecho a sí misma desde joven, de mantenerse pura hasta que llegara al matrimonio. Además, me dijo que el hombre con el que mantenía esa relación era casado y tenía tres hijos. Para colmo, me confesó que el hombre al que ella realmente amaba no era él. Quería advertirme del error que ella había cometido al dejar partir al amor de su juventud, el amor de su vida. Sentí una enorme pena por mi amiga; la vida que vivía no era suya, era una vida prestada, como si hubiese dejado que la marea la llevara a la deriva. Al mismo tiempo me recordaba a mí misma que yo no era la persona más indicada para juzgar a mi amiga, aunque honestamente no creía estar haciendo eso sino que miraba su trayectoria como lo habría hecho con un mapa de ruta. Me preguntaba si realmente sería mejor estar sola como lo estaba yo, o mal acompañada como mi amiga de las misivas. Poco a poco, y sin proponérmelo, dejé de escribirle. Nuestra amistad era como una nube negra sobre mi cabeza. Al desaparecer esto de mi vida, pude ver las cosas y la vida con mayor claridad.

XV - Mrs. Dorothy

Me presenté a una serie de trabajos, pero ninguno me convencía. Los estudios de maestría solo ocupaban dos o tres horas de la mañana, y después tenía todo el día libre; tenía que encontrar una actividad que me mantuviera ocupada y, si era posible, que me ayudara a pagar mis gastos (que, aunque eran pocos, eran mucho para una estudiante). Londres era una ciudad muy cara. Con paciencia encontraría algo, sobre todo si me convencía de que mi trabajo no tenía que ser siempre interesante: para eso tenía los pergaminos que me habían acompañado a través de los años y que habían sabido cubrir esos vacíos que me ofrecía de vez en cuando la vida.

Debido a que mi inglés no era muy bueno, no podía aspirar un trabajo del nivel que yo deseaba y tenía que aceptar mis limitaciones en ese aspecto. Poco a poco fui aceptando trabajos más realistas. Uno de ellos consistía en cuidar de una anciana adinerada en las afueras de la ciudad. La paga era buena, comparable a cualquier puesto en un banco o como asistente en la universidad. Decidí que sería el trabajo ideal para mí. Me entrevisté con la Sra. Dorothy Sharp, una anciana con una voz muy grave. Al comienzo me pareció que mantenía un tono de superioridad al hablar, pero luego me di cuenta de que era simplemente su acento regional y que, si tomaba sus palabras como lo que eran, simplemente palabras, entonces me iría bien. Mrs. Dorothy, como quería que la llamara, me pidió que me mudara con ella, ya que sería mucho más fácil cuidar de ella estando todo el tiempo allí. Accedí de inmediato porque así podría ahorrar más dinero. De cualquier modo, mi habitación en su casa resultaba tres veces más grande que todo mi apartamento. Además, Mrs. Dorothy tenía sirvientes —el mayordomo, la mucama, el jardinero, el chofer—, que harían mi vida más fácil. A veces me preguntaba para qué me necesitaba, con tanta gente a su alrededor. Poco a poco, sola fui dando respuesta a mi pregunta. Mrs. Dorothy quería que conversáramos, que le leyera, incluso con mi mal inglés. Era muy fina y no criticaba mis errores, sino que se había propuesto ayudarme a que mejorara mi inglés. En realidad, no necesitaba mucho cuidado porque, aunque ya tenía setenta y cinco años, se conservaba muy bien, con una salud envidiable y en gran estado físico. A menudo caminábamos juntas por su jardín, que era tan grande como la Plaza de Armas de Trujillo. Los meses transcurrían y, poco a poco, Mrs. Dorothy y yo nos hacíamos más amigas. Era increíble cómo nos comprendíamos, la sentía como mi familia. Me repetía que estaría encantada de que yo me casara con uno de sus nietos o sobrinos. Me gustaba la idea pero nadie venía a visitarla, así que ese sueño parecía demasiado remoto.

Mi trabajo era tan limitado que quise tener un pequeño detalle con Mrs. Dorothy y le ofrecí prepararle un almuerzo para ella y sus amigas un día que vinieran a jugar *bridge*. Para mi sorpresa, justamente, tres de sus amigas estaban invitadas a su casa en un par de días. ¡Qué había prometido, si no sabía cocinar! De repente recordé que la dulce Nicolasa me había regalado, antes de partir —detalles que solo ella podía haber producido con sus propias manos— un pañuelito bordado con mis iniciales, unos guantes de lana color crema tejidos por ella misma, con unas trenzas delgadas a los lados, y una libretita en la que había copiado de su puño y letra la receta de mis platos favoritos. Una vez más, a la distancia y a través del tiempo, mi nana, como la llamaba de vez en cuando, me había salvado de un gran aprieto. Al buscar entre mis cosas, encontré la libreta en perfecto estado, impecable, como cuando me la entregara al darme un fuerte abrazo y un beso. Al abrirla encontré varias recetas, de las que escogí las siguientes:

Ají de gallina *(4 personas)*
Ingredientes:
3 pechugas de gallina (o pollo)
1 cebolla blanca picada
1 diente de ajo molido
Ají
Achiote
6 rebanadas de pan de molde sin corteza
Aceitunas negras
Leche evaporada
Caldo de pollo
4 papas
Aceite
Queso parmesano
Pecanas
Preparación:
Sancochar el pollo y guardar el caldo para usarlo después. Deshilachar el pollo en tiras delgadas y largas. Cortar la corteza del pan y remojarlo con la leche. Freír las cebollas con el ajo y un poco de sal, achiote, ají, agregarle el pan licuado, luego el pollo deshilachado; mezclar suavemente con una cuchara de palo, agregando poco a poco el caldo de pollo cada vez que la mezcla se vea demasiado seca. Agregar queso parmesano, pecanas. Sancochar las papas. Servir el pollo sobre las papas, decorando con aceitunas y huevos duros.

Arroz con mariscos *(4 personas)*
Ingredientes:
2 tazas de arroz cocido

50 gramos de colas de camarón
2 camarones enteros
500 gramos de mariscos (langostinos, calamares, ostiones, pulpos, etc.)
1 cebolla roja cortada en cuadritos
3 dientes de ajo
Ají
Achiote
3 onzas de vino blanco
Orégano
Laurel
Culantro
Aceite

Preparación:

Freír las cebollas en aceite, agregar ajos, ají, achiote, vino, orégano, laurel, culantro, agregar los mariscos y luego el arroz que se ha preparado por separado. Cocer todo a fuego lento por unos quince a veinte minutos.

Flan *(10 personas)*
Ingredientes:
1 lata de leche evaporada
1 lata de leche condensada
4 huevos
Extracto de vainilla
1 taza de azúcar

Preparación:

Poner el azúcar en una olla pequeña al fuego, y mover con una cuchara de palo hasta que el azúcar se derrita y convierta en caramelo. Inmediatamente, y cuidando de no quemarse, verter el caramelo en un molde de aluminio asegurándose de que cubra toda la parte inferior y parte de las paredes del molde. Dejar a un lado. En un tazón mediano, verter las dos leches y la vainilla. Batir los huevos con un tenedor, no por mucho rato, a menos que desee que el

flan tenga orificios como los del queso. Añadir los huevos a las leches y
mezclar bien, sin batir. Verter la mezcla en el molde encaramelado.
Poner a baño María al horno a unos 350 grados, por más o menos
cuarenta y cinco minutos o hasta que el flan se vea firme.

Aunque era la primera vez que preparaba tantos potajes, tengo que admitir que todo me salió muy sabroso, sobre todo el arroz con mariscos. El flan podía haber tenido más caramelo pero, para ser la segunda vez que lo hacía en mi vida, no estaba mal. Además tuve que luchar con la conversión de medidas; cuando Nicolasa ponía "una lata", no sabía qué medida tenía que ser. La base de mi problema a través de los años había sido que, aunque mi madre se esmeraba por enseñarme a cocinar, siempre tuvimos la suerte de tener a Nicolasa que nos ayudaba en todo; además Elena era buenísima con la repostería, así que yo me convertí en la degustadora oficial de la familia y me limité a eso, a degustarlo todo. De cualquier modo, la Sra. Dorothy y sus amigas parecieron encantadas con mi menú. Salí airosa del apuro en que me había metido por tratar de quedar bien.

Un día, de repente, escuchamos gritos en la cocina. Mrs. Dorothy y yo corrimos a ver qué sucedía. Sharon, la mucama, lloraba sin consuelo y Pierce, el mayordomo, le hablaba con voz muy firme. Mrs. Dorothy preguntó qué sucedía. Pierce le explicó que Sharon había estado limpiando la casa cuando se dio cuenta de que Penélope, la perrita *terrier* de la casa, había desaparecido. Pierce había corrido a buscarla y encontró la reja de la casa abierta. Sharon había olvidado cerrarla cuando llegó a la casa por la mañana. Esta explicaba desconsolada que había llegado con muchos paquetes, entre ellos ropa de la tintorería, y que recordaba haber abierto la reja con el pie, pero que no recordaba haberla cerrado. Pedía perdón y lloraba desconsoladamente. Penélope había estado con Mrs. Dorothy desde que su esposo falleciera hacía casi doce años, había sido un regalo que le diera el difunto en sus últimas Navidades juntos. Mrs. Dorothy estaba muy triste, pero en ningún momento mostró su indignación ni rencor hacia Sharon. Por el contrario, la tomó de la mano y le dijo que no se preocupara, que Penélope era una perrita muy inteligente y que de seguro encontraría el camino de regreso; y si no fuera así, era tan linda que alguien la encontraría y la cuidaría, sabía bien que los accidentes sucedían. Al mismo tiempo, pidió a Sharon, a Pierce y a los demás sirvientes, que también habían corrido a ver qué sucedía, que tuvieran mayor cuidado con las puertas de la casa, por seguridad de todos.

Estuve admirada al ver cuánto control y elegancia desplegaba Mrs. Dorothy. La manera en que se había conducido me enseñaba mucho. Miraba la manera en que me había comportado en el pasado, sobre todo con seres queridos y cómo no había dado cabida a la comprensión, la compasión, al ponerme siempre al centro de todo. Pensé en Armando y me avergoncé de nunca haber merecido a un hombre tan íntegro, tan sano.

De pronto, justamente pensando en Armando, se me ocurrió llamar a mi madre para ver la posibilidad de que Código viniera a vivir conmigo en Inglaterra. Mi madre pensó que era una gran idea. Lo que teníamos que hacer era esperar a que alguien viajara con él. Yo no podía dejar mis estudios. Quería que fuera una sorpresa para Mrs. Dorothy, pero luego pensé hacerla partícipe de la idea porque no encontraba solución al asunto. Ella, sin pensarlo mucho, decidió que era el momento ideal para que conociera el Perú y a mi madre. Viajaría ella misma a traer a Código. Le relaté un poco la historia del perrito. Me dijo que le encantaría tenerlo en su casa, sobre todo porque era un lindo recuerdo. Al enterarse de nuestros planes, Sharon me agradeció que ayudara a que Mrs. Dorothy no se sintiera sola y nuevamente me dijo cuánto lamentaba su error. Desde ese momento nos convertimos en buenas amigas. Teníamos más o menos la misma edad. Ella estudiaba contabilidad y esperaba poder ayudar a su padre en su negocio en Dublín. Al conocernos mejor me di cuenta de que teníamos mucho en común, era una muchacha que me comprendía por completo.

Casi sentí la tentación de contarle sobre mis pergaminos, pero no lo hice. No lo había contado a nadie, ni siquiera mi familia, desde que los encontrara, casi siete años atrás.

Mrs. Dorothy estuvo muy contenta visitando mi país. Mi madre y ella congeniaron de inmediato así que, en lugar de quedarse apenas una semana como había planeado al principio, se quedó casi un mes conociendo distintos lugares. Mi madre la acompañaba a todas partes. Al parecer, también salieron con un grupo de amigos con los que se hizo muy amiga desde entonces, y se mantuvieron en contacto a la distancia.

Mrs. Dorothy regresó con Código muy contenta después de su visita al Perú. El viaje de regreso a Inglaterra fue sin novedad. Código se portó muy bien y no causó mayor problema, durmió casi todo el viaje. Como se trataba de un perro pequeño, Mrs. Dorothy logró que le permitieran llevarlo con ella, en un bolso, debajo de sus pies. Al llegar a Londres, Mrs. Dorothy no paraba de hablar de lo bien que le había ido, de cuánto había conocido, de cuánto le había gustado la comida, de cuánto en común tenía con mi madre, etc. Código no pareció reconocerme al comienzo pero, apenas después de unas horas, era mi fiel amigo nuevamente. Fue un reencuentro muy alegre después de tanto tiempo. Luego de apenas un par de días, ya éramos los viejos amigos de siempre. Le encantaba la casa de Mrs. Dorothy, tan amplia, corría por todos lados, feliz de conocer nuevos rincones. Estoy segura de que extrañaba a mi madre y quizás también a mi hermana, aunque esta ya no vivía en casa. Lo que más me apenaba era cuánto extrañaba mi madre a su perro, fiel compañía de tantos años. Desde que yo había dejado el país, se habían convertido en amigos inseparables. Mi madre incluso salía de compras con él, sin importarle lo que dijera la gente. No se veían perros en los establecimientos todos los días. Como fuera y, a pesar de las relaciones truncadas, Código había venido para quedarse y ya llenaba un lugar especial en la casona de Mrs. Dorothy.

XVI - Cuando no hay salida

Mi madre me escribió con la noticia de que un primo suyo, el tío Alfonso Zavaleta, médico inmunólogo, estaba realizando estudios cruciales sobre la posible cura contra el cáncer. Me llamó la atención su historia. Al parecer, en palabras de mi madre y para mi entendimiento de la situación, mi tío tenía la teoría de que los glóbulos blancos de un organismo sano podrían luchar contra el cáncer. El proceso sería implantar el elemento cancerígeno en el organismo sano, de modo que este reaccionara y luchara contra él para que produjera un pus que sería, de alguna manera, el antídoto contra el mal. Claramente mi madre me relataba todo sin ningún conocimiento o autoridad médica, pero eso era más o menos lo que pude entender. El tío Alfonso estaba en Texas, donde una paciente que sufría de cáncer uterino se había ofrecido a ser parte del estudio. Él extirparía parte del útero enfermo de la paciente y lo inocularía en su propia pierna, a la espera de que su organismo reaccionara. Mi madre me mantendría al tanto de lo que sucediera. Parecía un estudio bastante arriesgado pero, al parecer, el tío sabía en lo que se estaba metiendo.

Trabajar con Mrs. Dorothy era muchas veces aburrido. Apreciaba el que me quisiera tanto y me diera la oportunidad de vivir en su casa sin hacer casi nada, pero no podía negar que mi trabajo no tenía nada de emoción. Aprendí a jugar *bridge* para poder jugar con ella. Veíamos películas juntas, tejíamos, bordábamos; también me pidió que le enseñara a hablar español, así que esa fue una tarea en la que por lo menos utilizaba mi intelecto. Trataba de no ser demasiado exigente para que Mrs. Dorothy no se sintiera mal. Su memoria era buenísima, más aguda que la mía. Y no puedo negar que su pronunciación no era del todo mala. Le ayudaba mucho el conocimiento que tenía del francés y el italiano. También había aprendido latín en la escuela. Como la gran dama que era, los idiomas siempre habían sido parte importante de su formación. Poco a poco podía desenvolverse mejor en la lengua de Cervantes. Al parecer, había tomado clases de español en la universidad pero se le había olvidado casi por completo. De vez en cuando, me contradecía porque claro, quería que le enseñara el español de España, y yo no lo hablaba. Tenía un par de amigos españoles en la universidad y, con su ayuda, lograba responder a las inquietudes que tuviera. Era una asidua estudiante, tenía una pregunta para todo. Lo más lindo era que le encantaba viajar; por supuesto que no podíamos estudiar el idioma sin visitar España, así que fuimos en un par de ocasiones y paseamos por Madrid, Barcelona, Sevilla. Mrs. Dorothy era la mejor jefa del mundo, me había sacado la lotería con ella.

Nuestros viajes lograron hacer que cambiara de ambiente. Mrs. Dorothy requería de mi compañía solamente durante el día, ya que solía acostarse muy temprano; así que yo estaba libre para conocer y verlo todo. Me hice amiga de una de las muchachas en el hotel, Marisol, y con ella recorrimos Madrid. No podía negar cuánto me atraían los hombres españoles, con su piel bronceada, ojos profundos, con su manera tan galante de hablar. Me enamoré de más de uno en los pocos días que estuvimos allí, pero uno de ellos quedó guardado en mi memoria y en mi corazón; era el hermano mayor de Marisol y también trabajaba en el hotel. Se llamaba Antonio Ruiz y era el hombre más guapo de toda España, por lo menos eso me parecía a mí. Aunque nunca volví a verlo, podría dibujar su rostro si tuviera las cualidades de una buena pintora.

Mi madre me volvió a escribir con noticias del tío Alfonso en Texas. Aparentemente su organismo había reaccionado como esperaba, creado el antídoto o la vacuna contra el cáncer, y habían inoculado a la paciente con él. La paciente había reaccionado en forma positiva, y ahora su organismo estaba luchando contra el mal. Mi madre me contaba que esperaban a mi tío con una banda de músicos, que había mucha alegría pero que, al mismo tiempo, se habían formado bandos entre los que apoyaban su estudio y los que estaban contra él. Me apenaba pensar que un intento en la dirección que parecía la más correcta no lograra ver la luz; bueno, no era la primera vez en la historia. Esperaba y deseaba lo mejor para el tío, aunque no lo conocía personalmente. Pensé en escribirle para hacerle saber cuánto apoyaba su esfuerzo. No estaba segura de si mi carta representaría algo para mi tío, pero sí sabía que a mí me habría gustado recibir ese tipo de reacción, sobre todo de mi familia, así que decidí escribirle de inmediato. Era difícil escribirle a un extraño; aunque sabía que era un familiar mío, de alguna manera me sentí muy cómoda llamándole "tío". Traté de no ser demasiado pesada así que no escribí mucho, a pesar de que me habría gustado explayarme más.

Me llevé una gran sorpresa al recibir una llamada del tío Alfonso. Al parecer se había conmovido con mi carta y llamó a mi madre para que le proporcionara mi número. Me dijo que mis palabras habían significado mucho para él, que era justamente lo que había estado necesitando desde que regresara de Texas. La paciente a la que trataba era una de las pocas personas, así como yo, que consideraban su esfuerzo un logro en la lucha contra tan nefasto mal. Me gustó mucho conversar con mi tío. Prometió visitarme cuando estuviera por Londres. Sin duda lo vería pronto, porque al parecer viajaba con frecuencia. Después de colgar el teléfono, me sentí bien todo el día; mi carta había levantado el ánimo de mi tío, y su llamada me había alegrado más aun a mí. Todo lo que había escuchado desde niña –que el optimismo, que el positivismo, la bondad, etcétera, son contagiosos– se ponía de manifiesto frente a mí.

Hablé con mi madre, a quien le alegró mucho que hubiese entablado contacto con el tío Alfonso. Al parecer era un hombre muy reservado; estaba casado y tenía un hijo de unos veinte años, pero se le veía muy poco en las reuniones familiares. Siempre estaba dedicado a sus estudios y su familia. La pena que tenía mi madre era que la sociedad médica en Lima parecía cerrarle las puertas en lugar de celebrar su logro por lo que era, un paso hacia adelante. Habían surgido todo tipo de antagonismos respecto a su teoría y tratamiento del caso. La paciente gozaba de casi perfecta salud y se desenvolvía normalmente; pero la sociedad, a miles de kilómetros de distancia, discutía y cuestionaba la validez de su mejoría. Mi tío continuaba con sus estudios, pero no contaba con apoyo financiero para seguir adelante.

No logré seguir de cerca la manera en que se recibió la noticia en Texas. Me cuenta mi madre que al comienzo todo fue alegría, pero que en apenas unos días toda la algarabía se había disipado. Sentía por el tío Alfonso y su esfuerzo. Era mayor que yo y me imagino que sabía bien en lo que se estaba metiendo cuando empezó con su estudio.

De vez en cuando recibía noticias de mi madre acerca de mi tío. Nuestra familia no era muy numerosa. Sentía el deber de preocuparme y pensar en su bienestar, así que mi nuevo tío se convirtió en alguien por quien velaba y preguntaba constantemente. Los informes que me daba mi madre no eran muy detallados, ya que apenas lograba verlo en entierros de parientes, en fiestas de cumpleaños; a menudo eran su esposa e hijo quienes asistían a las reuniones, ya que él siempre estaba ocupado con algún proyecto. Si no hubiera sido por la cátedra que dictaba en la universidad, quizás habría padecido pobreza ya que, justamente a partir de su regreso de Texas, mucha gente e instituciones le dieron la espalda. Me entristecía imaginarlo en su laboratorio, a altas horas de la noche, sin haber regresado a su casa en uno o dos días, cansado, sin haber comido, deshidratado. El problema era que se tomaba las cosas muy a pecho, como si el mundo dependiera de él, de que llegara a encontrar una solución. Continué escribiéndole de vez en cuando. Nunca me escribía de regreso, sino que me llamaba. Me imagino que no gustaba de escribir.

El tiempo que me entretuve manteniéndome en contacto con el tío Alfonso me alejó un poco de mi propia pasión. Era momento de ver cómo podría mejorar en lo que a mí me gustaba. En una visita a un anticuario de la ciudad, encontré una hermosa cajita de marfil con unas piedras de color verde a los lados. Parecía provenir de alguna parte de África. La vendedora no supo decirme exactamente de dónde, pero me dijo que, por el tipo de marfil y la manera del acabado, se trataba de una pieza de más de cincuenta años atrás. También fui a la librería y compré unas bolsitas de celofán. Al llegar a casa, puse mi cajita de pergaminos dentro de mi nueva adquisición y forré cada pergamino con las bolsitas de celofán. No sé qué tanto mejor estaba preservando mi gran posesión, pero me sentí mejor al hacerlo. De pronto me entró la duda de si el celofán sería el mejor material para guardar los pergaminos. ¿Y si se pegaban al plástico por efecto de la humedad? Busqué un lugar seco –difícil de hallar viviendo en Londres– y pensé en colocar mi cajita de marfil allí, pero no la dejé al descubierto; nunca lo había hecho, así que el mejor lugar parecía ser un armario que tuve que mover adonde pensaba era un área seca de mi habitación. No podía creer que Don Fernando hubiese puesto su cajita con los pergaminos en cualquier pared de mi casa; bueno, quizás sabía bien cuán seco era el clima en Trujillo.

Volví a entrar en contacto con el tío Alfonso, porque me dijo que estaría viajando a Londres en un par de semanas para asistir a un congreso de medicina inmunológica y que le encantaría verme. Me alegró mucho saber que realmente quisiera conocerme y entablar una relación formal, que no hubiera sido un comentario del momento. Quise ofrecerle hospedaje, pero pensé que no sería lo ideal para una mujer soltera como yo; además, habría puesto en compromiso a Mrs. Dorothy. A ella no le habría molestado tenerlo con nosotras unos días, sobre todo porque tenía mucho espacio en su casa, pero no quise ser inoportuna. Tío Alfonso llegó a Londres. Lamentablemente, pude verlo muy poco, porque siempre estaba ocupado con el congreso y luego con actividades que tenía fuera del evento. Salimos a cenar una vez y luego tomamos un café juntos, pero eso fue todo. Tuve la oportunidad de apreciar sus manierismos, la manera cómo se manejaba y lo sencillo que era. Me enorgullecía pensar que fuera responsable de tan loable trabajo. Nos despedimos allí, en la calle. No pude ir a decirle adiós al aeropuerto. Nos escribimos una vez más, y luego perdimos contacto. Mi madre me informó al año siguiente que había fallecido durante una operación al riñón.

Por lo menos tuve una alegría grande después de una tristeza igual de grande; mi hermana Elena me escribió diciendo que se casaba con Julio, que había pedido su mano y que no querían esperar demasiado para convertirse en marido y mujer. Me alegró mucho su noticia, pero casi de inmediato me remonté a aquel día en que entrara en la sala y se desplomara, ebria. Si es que se había guardado pura como había querido, luego de casarse ambos descubrirían si realmente había sido violada o no. No quise adelantarme a nada y, una vez más, guardé silencio. Los preparativos para la boda mantuvieron a todos a la expectativa. Mi madre nunca me comentó su preocupación, y yo tampoco toqué el tema.

Mi hermana se casó en una ceremonia muy grande. Quise viajar para estar allí en tan importante evento, pero me fue imposible. Ahora que lo pienso, quizás tuve que haber tratado más; se trataba de mi única hermana. Mi devoción hacia lo que hacía me enfrascaba de una manera que lograba cegarme y me evitaba ver la realidad con una perspectiva humana. Eran años en los que sin querer me roboticé; funcionaba por inercia.

La luna de miel de Elena y Julio fue en el sur del país. No me escribió o llamó, como pensé que haría, para contarme de su tragedia. Me alegré al no saber nada de ella. De alguna manera la violación no había sido tal, o Julio y mi hermana habían logrado superar cualquier situación.

Lo que quedaba por saber, y sí que quería saberlo, era cómo Elena había logrado conquistar al difícil de conquistar, a mi nuevo cuñado, Julio. Le pedí que me escribiera contándomelo todo; una llamada telefónica sería demasiado cara para poder cubrir una historia de ese tipo. Concluí que me había convertido en una robot, pero una robot romántica.

XVII - En tren a Berna

Mrs. Dorothy me propuso una mañana que hiciéramos un viaje para distraernos. No me gustó mucho la idea, porque estaba trabajando en una obra y tenía a todo el mundo esperando para que empezáramos los ensayos. De cualquier manera, le dije que la acompañaría. Ella había sido siempre tan buena conmigo y, de hecho, alguien podría reemplazarme en la producción de la obra. Trabajaba con muchachos muy talentosos y siempre listos a ayudar. Mrs. Dorothy quería visitar Suiza. Me emocionó la idea porque sabía que podría conocer a mi abuela, mis tíos y primos. A ella también le gustó la idea de conocer a mis parientes. Saldríamos en un par de días y pasaríamos una semana allá. Hablé con mi madre y mi hermana al respecto. Les entusiasmó la idea de que me distrajera y sobre todo de que llegara a conocer a mi abuela; era muy mayor y quién sabe cuántos años más de vida tendría. Después de la muerte de mi padre, habían dudado en darle la noticia, pero decidieron hacerlo. Era una mujer fuerte y había reaccionado con calma. Sin embargo, según mi madre decía, cuando muere un hijo, uno muere a medias con ellos. Salimos sin problema de Londres, en tren. Paramos en un pequeño pueblo en Francia, pero no recuerdo cómo se llamaba; estaba tan dormida y, como no hablo francés, la verdad es que no capté con certeza el nombre. Al llegar a Berna, nos llevamos una gran sorpresa al ver a un grupo grande de personas con carteles de bienvenida que decían nuestros nombres. Eran mis tíos Karsten, Karl y Roger, y sus hijos. Era increíble ver el enorme parecido que tenían los tíos Karl y Roger con mi padre. La misma nariz, los mismos ojos; pero lo que era más sorprendente era la manera que tenían de hablar, los gestos que hacían. Me parecía estar frente a mi padre. Me emocioné mucho al verlos y conversar con ellos en inglés, porque yo no hablaba alemán lo suficientemente bien como para mantener una conversación. Mrs. Dorothy no hablaba bien el idioma, pero se desenvolvía sin problema. Se sentía en casa en todas partes, era la persona más social que conocía después de mi hermana, creo. Mis primos eran todos muy lindos, pero no llegué a conocerlos a fondo porque no nos entendíamos bien. Al llegar a la casa del tío Karl, conocí a mi abuela Jutta, una anciana que todavía parecía ser muy fuerte. Me abrazó y, aunque no podía verme, pasó sus manos sobre mi rostro. Debía de haber sido alta porque, aunque tenía más de ochenta años (como dicen que la gente mayor pierde estatura), era de mi mismo tamaño. Nos sentamos juntas, y me tenía cogida de la mano. No conversábamos de nada, no era necesario. Sentía su amor muy fuerte y estoy segura de que ella sentía el mío de la misma manera. Luego de cenar con todos ellos, Mrs. Dorothy y yo nos despedimos y nos dirigimos a nuestro hotel. Prometimos ir a verlos al día siguiente. Conversando con Mrs. Dorothy, le dije que quizás sería mejor que yo pasara todos los días con mi abuela para conocerla y que ella saliera a pasear con mis tías. Le encantó la idea; sonaba genial, según decía.

Pasé una semana maravillosa con mi abuela. Pude ver claramente cómo mi padre se había convertido en la gran persona que había sido. Lamentaba no haber podido conocer a mi abuelo. Estaba segura de que él también habría sido una gran persona. Juntas preparamos pan, tartas, ensaladas. La ayudé a bordar unos cojines para la sala de estar. Con el poco alemán que recordaba, traté de conversarle. Nunca olvidaré tan preciados días con la madre de mi adorado padre.

Mrs. Dorothy, por su lado, disfrutó muchísimo de su viaje. Mis tías la llevaron por todos lados, la hicieron conocer más de lo que habría logrado con un guía profesional. La llevaron al teatro, a los mercados de pulgas, a las ferias, a los museos y a muchas iglesias.

Fue difícil despedirme de la familia, sobre todo de la abuela. No sabría cuándo volvería a verla, pero le prometí que sería pronto. Le di un fuerte abrazo y no miré atrás nuevamente. Mis tíos y primos me abrazaron con cariño. Me dijeron que vendrían a visitarme en Londres. A Mrs. Dorothy le encantó la idea.

El viaje de regreso a Londres fue sin novedad. Habíamos pasado una linda semana en Suiza y ahora volvíamos a nuestra rutina. Mrs. Dorothy a sus reuniones con sus amigas, y yo a mis clases, mis obras teatrales. Justamente como pretexto de la inspiración que necesitaba, me puse a trabajar en uno de los rollitos:

Sexto día del mes de marzo del año de 1553

Pensábame de regreso en la Ciudad de los Reyes, más en Trujillo continúo cautivo. Contar la cantidad de moradores de tan vasto territorio me es ardua faena. Preocupación atormenta mi espíritu pensando que mi bella de mí recuerdo alguno tenga. Manténgome en la penumbra cada día intentando de mi vida obtener sentido. Hízose más dificultosa la tarea después de tropezarme con otra doncella. Mi corazón habíale jurado a Catalina completa lealtad y eterna firmeza. Al aceptar mi condición de humano débil, me temo haber caído en las redes de mi carnal flaqueza. Su nombre desconozco, pero si existe algo que bien conozco es el perfume de su rostro y de su piel entera, comparable tan solo al más exquisito de los manjares de estas tierras. Tan joven como mi Catalina, la bella moza conquistar mi corazón ha prometido. Témole sobre todo a su destreza de causar en mi persona pasión que embriaga. Si a mi doncella del Río Hablador lealtad he faltado, mi Dios, que allá arriba con justo ojo me mira, sabrá en buen tiempo de mí pagar castigo. Estaba más que confundido con Catalina y Mercedes, mis dos diosas. Al encontrarme perdido en los brazos de esta nueva belleza,

decídome por siempre a no ofrecer resistencia, puesto que cuánto más
mi pensamiento lucha, la batalla paréceme más perdida.

Fernando de la Piedra y Arévalo

No sabía si tenerle pena o envidiar a Don Fernando. Era increíble cómo las mujeres se morían por él. ¿Cómo sería ser cortejada en ese tiempo? Los hombres parecían tan caballeros, tan románticos. Ningún hombre que yo conocía se comparaba a Don Fernando, no le llegaba ni a los talones en galantería y fineza. Tenía que continuar trabajando en mis obras de teatro. Lo que advertí poco a poco fue que a los demás también les gustaba el romanticismo, el idealismo, y sin duda el erotismo de esa época. Pero volviendo a Fernando, ¿qué le había sucedido? Tan confundido estaba con su nueva conquista que no me daba ninguna indicación de su nombre, su edad, cómo se veía. Me imagino que sería hermosa como todas las mujeres que había conocido, por lo menos según lo que llegaba a comprender por lo que había escrito en sus pergaminos. ¿Y si era yo la que se los imaginaba bellos? Quizás Don Fernando era un hombre viejo, gordo, con una nariz enorme, ojos pequeñitos, desaliñado, con trajes arrugados... Bueno, esa parte era segura. Y quién sabe cómo lucía Catalina; quizás gordita, bajita, o muy alta, muy flaca, con acné, con el pelo reseco. Y Mercedes tendría quizás la piel maltratada, escoliosis, venas varicosas; no tenía idea de cómo serían realmente. Yo estaba enamorada de lo que les acontecía y me olvidaba de la época en que habían vivido, sin los adelantos y comodidades de las que ahora disponemos.

Decidí olvidarme de Don Fernando por el momento, y enfocarme en mis estudios y en preparar mi próxima producción de teatro. Era verdaderamente halagador enterarme de que muchos estudiantes querían ser parte de mi obra, sea actuando o trabajando en los distintos aspectos de esta. Poco a poco "Amigos de 1552" logró el reconocimiento no solo en el ámbito de la universidad, sino también de la comunidad. Mayor era el número de personas que seguía nuestros proyectos y se preguntaba cuándo estaríamos haciendo una nueva presentación. Nos llenaba de entusiasmo saber que la expectativa era cada vez mayor. Al mismo tiempo nos esforzábamos cada vez más para no defraudar a nuestra audiencia. Con ese objetivo, contratamos los servicios de un agente que nos representaba de manera oficial; también empleamos a un contador y una asistente administrativa. La compañía crecía cada día. Mi madre estaba muy contenta de como, casi sin darme cuenta, me había forjado una carrera a partir de una pasión, de lo que más me gustaba.

El teatro me servía de terapia; era una manera de verter toda esa energía que tenía, y al mismo tiempo me permitía compartir con la comunidad. No pretendía enseñar con lo que hacía, sino simplemente entretener: que las personas que presenciaran mi obra se olvidaran de sus problemas, de lo que los acongojaba, que se dejaran llevar por la trama de la obra y que de alguna manera se transportaran y se convirtieran en uno de los personajes, que vivieran cada momento de la presentación. Había gente que venía a verme y me decía que se había identificado con tal o cual personaje y que había aprendido algo; eso era muy halagador porque –aunque mi intención no había sido dar una enseñanza– era increíble cómo los personajes cobraban vida propia, y presentaban y representaban aspectos muy comunes de la vida diaria. El hecho de que alguien me dijera que había aprendido algo de mi obra me llenaba de orgullo y satisfacción. En realidad, sin darse cuenta, el espectador había aprendido de sí mismo, había interpretado la obra a su manera y la había aplicado a su vida. Era una experiencia sin igual.

Otra de mis terapias era abrir mi correspondencia, sobre todo cuando se trataba de cartas de mi hermana. Sabía que esta misiva contenía la tan ansiada historia de su romance con Julio. Sucede que mi astuta hermanita –luego de su incidente, que todos los chicos del barrio conocían y que la llevó a terminar ebria delante de mis padres– decidió tomar al toro por las astas. Se entrevistó con su amiga Cristina, hermana de Julio, y le dijo que le entregara una notita que decía: "Julio, estoy segura de que te has dado cuenta que me gustas mucho. Sé, por buenas fuentes, que tú también estás interesado en mí. Tengo amigos que quisieran ser más que eso y me imagino que lo mismo te sucede con las muchachas que te acosan. ¿Quieres que tratemos de conocernos? No quisiera perder la oportunidad de saber cómo eres". Julio la llamó de inmediato, y empezaron a salir. Estuvieron más de cuatro años de novios. Elena me pone una notita al pie de página: "Te preguntas sobre si me mantuve pura o no. No fue fácil. Julio es un muchacho atractivo, pero conversamos y entendió que no lo rechazaba, sino que condicionaba nuestra relación a lo que YO ponía como MIS valores, no porque la sociedad me lo impusiera. Lo hermoso fue ver que Julio tenía una mentalidad como la mía. Su madre lo había concebido antes del matrimonio, lo que impidió que terminara la escuela, y se casó de inmediato con el padre de Julio, un hombre que los abandonó a los pocos años y los dejó en la miseria".

XVIII - Cazadores de fortuna

Un día bajé a tomar desayuno. Mrs. Dorothy estaba arreglándose para asistir a un evento con sus amigas. Me sorprendió encontrar abajo, en la sala, a un apuesto caballero de unos cincuenta años. Se presentó como Mr. Higgins, sobrino de Mrs. Dorothy. Venía a conversar conmigo. ¿Qué querría conversar conmigo, si no nos conocíamos? Mirándolo fijamente me di cuenta de que era un hombre muy atractivo. Podía imaginármelo de unos treinta años, con esos ojos azules, labios delgados y rojos, con ese pelo que debió haber sido muy rubio (porque ahora era castaño claro), con esa talla imponente. Al conversar con él, me dijo que era el hijo del hermano mayor de Mrs. Dorothy y que estaba muy preocupado por la manera en que su tía había descuidado el legado que le había dejado su esposo. Le preocupaba sobre todo un edificio que estaba alquilado a uno de los bancos más importantes de Londres: se había enterado, por amigos, de que el alquiler era muy bajo y, si continuaba de esa manera, iba a ser imposible en un futuro –si es que Mrs. Dorothy fallecía– levantar el arriendo de alguna manera que realmente representara ganancia. Me sorprendía mucho que un sobrino de Mrs. Dorothy se preocupara por algo que realmente no le incumbía y que pensara en el eventual fallecimiento de su tía como si de hecho asumiera que heredaría su fortuna. Me pidió que hablara con su tía y que la hiciera entrar en razón, ya que ella me escucharía mejor a mí porque era su compañía. También me invitó a cenar la semana siguiente; dijo que sería para que nos conociéramos mejor. No me sentía cómoda frente a alguien tan calculador, pero igual le dije que iría.

No hablé del asunto a Mrs. Dorothy porque me parecía un tema que no nos competía ni a Mr. Higgins ni a mí. El edificio le pertenecía a ella, y era ella la que debería decidir cómo y cuánto cobraba por alquilarlo. Pero no pude resistir la invitación de Mr. Higgins y acudí a su encuentro. Le dije a Mrs. Dorothy que había conocido a su sobrino y que me había invitado a cenar. Le alegró mucho la idea, porque de inmediato pensó en que haríamos la pareja perfecta. Nada la animaba más que pensar que yo pasaría a ser miembro de su familia. Me sonrojaba cuando me lo decía, pero yo también habría querido algo así. No estaba segura si necesariamente con Higgins, por la manera en que lo conocí, pero quién sabe; quizás luego de conocerlo no sería tan desagradable como me había parecido inicialmente.

Quise hablar con Sharon sobre mi cita con Higgins, pero pensé que tendría la idea equivocada de mí y que pensaría que podría ser ella la que tuviera esa oportunidad en lugar de mí. Igual se lo dije y, para mi alegría, reaccionó positivamente y me ayudó a alistarme para la cena. No sabía qué ponerme pero, gracias a Sharon, creo que me vestí apropiadamente para la ocasión. Me prestó un traje de dos piezas color vino, con unos zapatos de tacón alto que más o menos eran del mismo color; yo encontré una cartera de Mrs. Dorothy que era exactamente del color y material de los zapatos de Sharon. Al mirarme en el espejo, me di cuenta de que había madurado, que ya no me veía como la jovencita que vivía en Trujillo, sino que ahora era una mujer; que cualquiera pensaría tenía hijos, un esposo, una familia. No me veía mal, pero no lucía tan bien como siempre.

Esperé ansiosa a Higgins, quien llegó muy puntualmente a recogerme. Mrs. Dorothy bajó a saludarlo, un poco haciendo el papel de mi madre aunque, después de haberme mirado en el espejo, no creo haber necesitado que lo hiciera. Nos saludamos con un estrechón de manos. Tenía un lindo carro, creo que era un Jaguar, no sé mucho de marcas. Abrió la puerta de mi lado, me dejó subir y luego la cerró. Al subir al auto, sentí el aroma de su perfume, debía de ser muy caro. Cuando Higgins entró le pregunté por su primer nombre, me dijo que era Sean. Él sabía que me llamaba Graciela, pero no preguntó por mi apellido. El lugar donde cenamos era muy lindo, un lugar caro. Durante toda la cena, Sean no quiso saber mucho de mí; por lo menos no me hacía preguntas de mi vida, de mi país, sino que simplemente me miraba, comía; me preguntó si había logrado hablar con Mrs. Dorothy sobre el edificio. Le dije que no había tenido ocasión y que francamente no pensaba que era lo correcto que yo fuera la que le hablara de eso. Mrs. Dorothy se preguntaría por qué me interesaba en sus asuntos. Sean se puso serio y me dijo que olvidara lo que le había dicho, que él sería el que hablaría con ella del asunto. Desde ese momento, me trató muy fríamente. Luego que termináramos de cenar, se levantó cortésmente y caminamos hacia su auto; me abrió la puerta, pero casi sentí que la tiró fuertemente al cerrarla. No conversamos de nada en camino a casa de Mrs. Dorothy. No volví a saber de Sean.

En casa de Mrs. Dorothy, tenía mucho tiempo para dedicarme a mis pergaminos, ya que ella salía a menudo con sus amigas. Volvía a sentirme mal por lo buena que era conmigo. Nunca me pedía nada, me sentía culpable de recibir un sueldo porque la verdad es que vivía como una reina, en una mansión, acompañada de la dama más fina de Londres. Por las noches logré trabajar en varios rollitos de Don Fernando:

Noveno día del mes de marzo del año de 1553
Mercedes arribó a mi morada sin saber yo cómo tenía conocimiento de dónde residía. A convencerme venía de que olvidara a Catalina. Yo entendía poco de su interés por apartarme

de mi dueña, la doncella. Razones del corazón prometía confirmar si la dejaba ingresar a mis aposentos. Enterarme de sus palpitaciones temor me producía porque su amo y señor el Conde era. Respetable como debiera comportarme, sabía y debía mostrar buena reputación, puesto que con el Marqués laborando continuaba. Sin embargo su insistencia siendo grande, mi voluntad quebrantó. Entró en mi morada y sin más la puerta cerrada mantuvo. Juróme amor eterno y ser mía y sola mía para siempre. Entenderla érame imposible, puesto que bien sabía que marido ella tenía y desde hacía varios años. Pero como el cuerpo y la razón no son de caminar juntos, dejé que la hermosa de mí tomara posesión. La sentí y disfruté como se deleita el pobre con un manjar, pero su corazón yo no vi. Doña Mercedes de mí un enajenado hacía, pero enamorado continué de mi hermosa Catalina. Un cuerpo como el de Mercedes digno era de esculpir, pero el corazón de la más joven mi ser lograba derretir.

Temor entró en mi cabeza al reparar lo sucedido. Había cometido la mayor de las torpezas. El Conde podría pedir de cualquier mozo mi cabeza. Como honorable hombre que prometía, tendría que actuar con cautela. Mercedes no era ninguna moza, sabía de la vida vueltas y más de una excusa. Prometióme nuestro secreto guardar y llevarlo hasta la tumba y, si en peligro mi vida estaba por razón de nuestro pecado, daría con mayor agrado a cambio su propia vida. Escuchar tan loable promesa por poco me hace cambiar de corazón y olvidar a mi mozuela. Doña Mercedes entonces despidióme con un beso que llenó otra vez más mi ser de todo tipo de lujuria. Encontréme suplicando a la bella dama no jugar con mis sentimientos de hombre y que se marchara sin demora para empezar a olvidar lo que acabábamos de dar. Con una fuerte carcajada, miróme como si razón no tuviera. Me repitió que en mi morada estaría de regreso y que sabía que yo más de su amor tendría. Me asustó pensar que pretendiera arruinar mi pensamiento de esposar a mi pequeña Catalina. Era

yo un hombre simple. Tener que lidiar con una bella difícil era
pero con dos, el mundo parecía para mí imposible tarea.

Fernando de la Piedra y Arévalo

Décimo quinto día del mes de marzo del año de 1553
Mercedes a mí ha regresado como prometiera aquel infame día.
La culpabilidad es mía, puesto que venerar a Catalina tendría
que otorgarme valor y firmeza. Convencerla de no volver he
tratado pero solamente para de ella enterarme que si no accedo
a su belleza, relatará mis proezas a su marido el Conde. ¿En
que lío mal nacido me había visto perdido? Lo único que yo
anhelaba era estar junto a la joven y ahora envuelto estaba en un
dificultoso problema del que ni huella veía de poder salir ileso. A
Catalina debía al instante poder ver y explicarle del todo lo que
su vil madrastra de nuestro amor haría. Impedíame correr a mi
amada el pensar en su desdeño al saber que con la madre había
yo compartido lecho.

Fernando de la Piedra y Arévalo

No podía dormir pensando en lo que sucedería con Don
Fernando y Catalina y la malvada Mercedes. Me imaginaba que
Don Fernando habría regresado de Trujillo después de terminar
con el censo que se le había encargado, porque Mercedes y
Catalina vivían en Lima. Me pasaba horas preguntándome cosas.
A veces no comía y no puedo negar que me sintiera enferma a
menudo, ya que me pasaba días enteros tratando de descifrar
y "limpiar" los textos de Don Fernando para, muchas veces,
quedarme con más dudas que al principio. Los pergaminos
nunca daban respuesta a mis preguntas, sino que me dejaban
con más incógnitas y me hacían aun mayor esclava de ellos.

XIX - Fuerte sacudida

Estaba dando una de las clases que dictaba en la universidad sobre expresiones en el teatro, apurándome para correr a mi casa y lograr ver aunque sea parte de la inauguración del Mundial de Fútbol 1970 que se realizaba en México, cuando uno de mis compañeros llegó con la noticia de que un fuerte terremoto había sacudido el norte del Perú. Salí corriendo, creo que apenas me despedí de mis alumnos. Llamé a mi madre de inmediato, no contestaba. Intenté hablar con Elena, pero tampoco logré comunicarme; parecía que la red internacional estaba fallando. Me imaginaba que mucha gente estaría llamando para ver si sus familiares estaban bien. Me tuve que contentar con poner el noticiero y enterarme de esa manera de la noticia. Al parecer, un terremoto de grado 7,8 en la escala de Richter había estremecido el departamento de Ancash, apenas a unas cuantas horas de Trujillo. Se anticipaba que el número de muertos sería muy alto. Sentí alivio al saber que el sismo no había sucedido en Trujillo, pero al mismo tiempo sentí una tristeza muy grande por la gente en Ancash. Pasaron varios días, casi una semana hasta que pude lograr comunicarme con mi madre y Elena, quienes me relataron lo sucedido.

Elena y Julio habían invitado a mi madre para que miraran juntos la ceremonia de inauguración del Mundial de Fútbol. Los suegros de mi hermana también estaban invitados. Alrededor de las tres y veinte, cuando estaban todos frente al televisor y Julio había puesto el radio sobre el aparato de televisión para escuchar mejor los comentarios del evento (ya que la transmisión no era muy nítida), empezó a sacudirse todo. Al comienzo, mi madre, que siempre era muy calmada, continuó mirando la televisión mientras que todos salían corriendo a la calle. Mis sobrinas, Beatriz y Magdalena, pequeñitas como son, no comprendían de qué se trataba todo y asustadas corrieron a sus habitaciones. Julio tuvo que ir a buscarlas y las encontró dentro del armario. Agarró a cada niña debajo de cada uno de sus brazos y salió corriendo. El movimiento continuaba. El radio cayó de donde estaba. Mi madre, finalmente, se dio cuenta de que se trataba de un terremoto y no de un pequeño temblor. Salió corriendo y, al pasar por la cochera, vio cómo el auto de Julio saltaba y casi tocaba el techo. Al llegar a la calle, se encontró con todo el vecindario afuera. Una de las vecinas estaba cubierta con una toalla y tenía el pelo mojado. Todos estaban aterrorizados. La gente que había estado conduciendo no estaba muy segura de lo que había sucedido pero, al llegar a sus casas, confirmaron que había sido un fuerte terremoto. Gracias a Dios, este cobró mínimas muertes en Trujillo. La casa de mi hermana sufrió varias rajaduras en las paredes; y el alero que daba a la calle se cayó y dejó abierto el acceso a la casa, por lo que Julio tuvo que dormir en el auto varias noches para cuidar de que nadie entrara a robar. Fueron varios días de pánico y caos. Mi familia tuvo que dormir en la sala, en el primer piso; no se atrevían a estar en las plantas altas. Los temblores menores fueron muchísimos durante los siguientes días, incluso llegaron a casi cien diarios. Los adolescentes fueron los que sacaron algo positivo de esta tragedia, ya que se reunían por las noches a tocar la guitarra, a cantar en las calles. La electricidad no funcionó por varias semanas, así que el escuchar a los jóvenes cantar alegró un poco el estado de los vecindarios.

El número de muertos en Ancash fue devastador. Se hablaba de unos ochenta mil muertos y unos veinte mil desparecidos. Las historias de lo sucedido eran terribles. La ayuda internacional fue grande. Me sentía tan mal estando tan lejos, sin poder ayudar. Pero pensé que quizás sí podría hacer algo. Un grupo de estudiantes y yo recolectamos dinero que enviamos al Perú a través de la Cruz Roja. Luego pensamos en algo más, un show de talentos, en el que cobraríamos la entrada; ese dinero podría ser donado también. Después de ese show se nos ocurrió una serie de eventos, y todos fueron exitosos. Nos sentimos mejor, aunque nada haría que toda esa gente volviera a la vida.

Fueron días y semanas de angustia estando lejos de mi familia. Tuve noches de insomnio y otras de pesadillas que parecían muy reales. Dictaba mis clases pero casi siempre estaba cansada, como si no hubiera dormido toda la noche. No podía concentrarme en mis lecciones. Pensé que no era justo para mis alumnos que no gozaran de mi concentración total, así que decidí que sería mejor ausentarme de las clases formalmente; me tomaría unas semanas de descanso y regresaría con más ánimo. Otra asistente de maestría, como yo, me reemplazaría. Mrs. Dorothy apoyaba mi decisión, porque me veía demasiado angustiada. Me prometió que saldríamos de paseo y que necesitaba distraerme. Decidí no informar a mi familia de mi decisión, ya que se preocuparían innecesariamente por mí. Uno o dos meses de atraso en mis labores no era nada crucial.

Aparte del tiempo que pasé con Mrs. Dorothy, también continué trabajando en las producciones que nuestra compañía pensaba poner en estreno. Teníamos una comedia y un drama; ambas piezas eran de comienzo de siglo así que, en cuanto a vestuario, tenía la oportunidad de usar los mismos elementos, lo cual abarataba nuestros costos. Y, aunque Mrs. Dorothy apoyaba nuestra compañía en cualquier gasto que hiciéramos, tratábamos de no abusar de su generosidad. Se desvivía por cubrir con todo, y se lo agradecíamos de todo corazón, pero no era justo que ella pagara por todo siempre. Decidimos hacer pequeñas presentaciones en las calles, en las estaciones de trenes, en las que podíamos recolectar dinero que nos ayudara a subsidiar nuestros gastos. Muchos de los estudiantes que se enteraron de la existencia de nuestra compañía pasaron la voz a sus amigos y familiares, y todos empezaron a donar ropa usada que pudimos utilizar para nuestras obras. La universidad estaba muy complacida con nuestro trabajo y sin problema nos facilitaba salas donde pudiéramos ensayar; y siempre contábamos con sus teatros para nuestras presentaciones.

Me mantuve ocupada unas cuantas semanas y así logré calmar mis nervios. Si así me sentía estando lejos, ¡cómo estarían sintiéndose los que habían vivido el desastre! Lo peor era la falta de comunicación, el estar aislada de mi familia. Un día lograba hablar por teléfono, y la siguiente vez me era imposible. Era como jugar a la lotería. Las cosas en Trujillo y en el Perú en general estaban más tranquilas. El duelo general continuaba en Huaraz. Era una tragedia que sería recordada por mucho tiempo; cada persona había perdido a algún pariente, amigo o conocido en el terrible terremoto del setenta. El pueblo estaba dolido, y su llaga demoraría tiempo en suturar.

Si mi padre hubiera estado vivo, me habría sentido más tranquila sabiendo que cuidaba de mi madre y mi hermana. Pero bueno, en realidad ellas no estaban solas; tenían a Julio, que era muy bueno y que sabría protegerlas. No sé por qué, y después de tantos años, pensé en Armando; en dónde estaría, si habría estado cerca de Huaraz. Me preocupé por él por un instante, por su familia. Rogué a Dios porque cuidara de Armando y los suyos. De pronto, en lugar de continuar pensando en el desastre o en el bienestar de Armando y su familia, me entraron unos celos enormes al pensar en María Cecilia y cuán feliz sería junto a Armando. Me imaginaba que ya tendrían unos lindos hijos, ¿serían niñas o varones? De seguro tendrían unos dos o tres, la familia perfecta. Sentía tanta rabia que pude sentir cómo palpitaba mi corazón muy rápidamente. Me torturaba la idea de imaginarlos felices. ¿Qué nombres habrían puesto a sus hijos? ¿Cuántos años tendrían? ¿Serían tan bellos como el padre y la madre? ¿Qué edad tendrían? Esa noche me acosté llorando. No tuve insomnio.

Para tranquilidad de nuestra compañía, nos llegó una carta de la Cruz Roja del Perú que agradecía nuestras donaciones en ayuda a los damnificados en el terremoto de Ancash. Sentimos una pequeña satisfacción y sabíamos que, aunque pequeña, nuestra contribución había ayudado aunque fuera un poquito a hacer que alguien se sintiera menos mal en el Perú. Mis amigos y yo derramamos unas cuantas lágrimas al leer la carta. Permanecimos abrazados un buen rato, digiriendo lo que nos sucedía. Tenía la bendición de contar con un grupo muy sensible de amigos, gente que actuaba con el corazón, gente en la que podía apoyarme emocionalmente. Agradecí a mis amigos por su apoyo, pero me sorprendieron incluso más al proponer que continuáramos enviando donaciones de dinero o ropa, que de seguro serían necesarios. Me pareció una iniciativa muy hermosa. Alguien propuso que lo que recaudáramos de nuestras presentaciones fuera enviado en su totalidad al Perú, y el grupo aceptó la idea unánimemente.

Con nuestro nuevo proyecto en mente, preparamos carteles que colocamos por toda la universidad, donde anunciábamos que nuestras presentaciones serían para ayudar a las víctimas del terremoto en el Perú. Logramos anunciar nuestras obras en un par de radios locales y en diarios que circulaban en forma gratuita. Presentaríamos las obras durante dos fines de semanas seguidos y veríamos si había expectativa para más.

El día del primer show, nuestra campaña con el anuncio del evento había tenido un éxito rotundo, ya que no cabía un alfiler en el teatro. Teníamos a gente esperando afuera, que nunca pudo llegar a entrar. Nos sucedió lo mismo en las otras dos funciones de la tarde y la del día siguiente. ¡Tuvimos que extender nuestras presentaciones de dos fines de semana a seis!

XX - Un alma, una historia

Las historias de los sobrevivientes del terremoto de Ancash son tantas y cada una merece ser contada, pero la que yo conozco de primera fuente es la de un tío, primo de mi madre, que estaba trabajando a cargo de una de las hidroeléctricas del Río Mantaro. Era soltero. Estaba haciendo sus inspecciones rutinarias cuando sintió que se movía la tierra; continuó manejando su camioneta Rambler de doble tracción hacia el cementerio que está junto al pueblito de Ranrahirca, bajó del auto y subió corriendo hacia donde está una escultura de Cristo con las manos abiertas. Desde allí vio cómo un enorme huayco –que es la palabra quechua que describe al alud–, producido por el rompimiento de una parte del glaciar en la cima del Pico Huascarán, arrasaba con todo; casas, habitantes, animales, y los sepultaba de inmediato. Aterrado, mi tío se aferró al Cristo y vio pasar el lodo devastándolo todo. Era una escena que nunca pensó ver con sus propios ojos.

Cuentan que ese día –que si mal no recuerdo era un domingo– en el pueblo de Yungay, había una procesión en las calles; el sacerdote del pueblo iba adelante con el crucifijo, y los feligreses lo seguían. Al darse cuenta de lo que sucedía, todos continuaron orando y cantando, y el sacerdote se puso de rodillas. Todos quedaron sepultados. Lo único que se puede ver del pueblo es la parte superior de dos o tres palmeras.

Me imaginaba a los niños y el terror que habrían sentido al suceder el desastre. Sin duda muchos niños tenían que haber quedado huérfanos. Hablé con Mrs. Dorothy sobre la idea de que se formara, entre sus amigas, un grupo que viera la manera de que los huérfanos a raíz del terremoto lograran ser adoptados por familias inglesas. Mrs. Dorothy pensó que se trataba de una gran idea. Tenía muchos contactos y amigos que podrían ayudar a lograr que el proyecto tuviera éxito. Los niños nunca recuperarían a sus padres o familiares perdidos, pero por lo menos podrían de alguna manera continuar con sus vidas.

Hablé con mi madre y Elena sobre el programa de adopción. Les animó mucho la idea. Pensar que tantos niños huérfanos deambularan por las calles, desprotegidos, les partía el corazón. Mi madre averiguaría sobre la mejor manera de contactar a las autoridades de Huaraz para que este sueño no tardara años; no quería que se convirtiera en una pesadilla burocrática. Habló con un par de amigos de mi padre, que supieron encargarse de todo en cuestión de dos meses. Ahora era el turno de Mrs. Dorothy y su equipo; si todo salía bien, estarían viajando al Perú antes de Navidad. Se hablaba de una docena de niños de entre tres y doce años. No fue difícil conseguir familias que quisieran adoptar. Es más; más de cinco familias tuvieron que ser rechazadas, pero el equipo les prometió que tendrían noticias para ellos pronto. Los futuros padres viajaron a Perú ansiosos de tener todo bajo control y poder regresar con sus pequeños antes de las fiestas. Lamentablemente tuvieron que pasar las Navidades y el Año Nuevo allá, esperando que todos los trámites fueran finalizados. Regresaron a Londres con sus pequeños casi dos meses después de haber partido. Mrs. Dorothy y yo fuimos a recibirlos al aeropuerto. La larga espera no se reflejaba en absoluto en el rostro de los padres. Todos lucían radiantes y contentos. Las familias recibieron a sus nuevos miembros con carteles, animales de peluche, globos, serpentinas. Parecía otra fiesta de año nuevo. Los pequeños sonreían pero también se veían confundidos, sobre todo por el idioma. Me acerqué a ellos y les hablé en castellano. Sentí el alivio en sus caritas. Me abrazaron, no me querían soltar. Les dije que los visitaría nuevamente. Les di mi número de teléfono para que me llamaran cuando quisieran conversar. Sabía que los más pequeños se acostumbrarían pronto pero que los más grandecitos, de doce años, tardarían más tiempo. No solo era el idioma, la cultura que eran nuevos, sino que además tenían que superar la tragedia vivida.

Con tanto en mi vida, recién me pasaba por la mente que no había tenido tiempo para trabajar en los pergaminos de Don Fernando. Sabía que me quedaban muy pocos y me angustiaba la idea de haber dejado mi tarea inconclusa. Siempre había sido una perfeccionista y, desde chica, si había algo que me molestaba, era dejar algo sin terminar. Al mismo tiempo estaba convencida de que mis clases, mis obras de teatro, el programa de adopción eran aspectos muy importantes de mi vida. Sabía que volvería a mis rollitos algún día y que no debería impacientarme.

Conocí a varias de las familias adoptivas. Todas parecían ser gente muy buena, compasiva, tolerante a nuevas culturas, abiertas al mundo. Todas, menos una. La familia de una de las niñas, Serafina, de apenas diez años, parecía gente arrogante según me pareció el día que los vi en el aeropuerto. Tenían una hija de unos doce años, una rubiecita alta, de ojos azules muy grandes. Los padres sobresalían del grupo por su manera de vestir, pero sobre todo de conducirse. Al verlos cualquiera pensaría que se trataba de la Reina Isabel II y el Príncipe Felipe; y la hija vestía como una pequeña princesita, con un traje de dos piezas de color azul marino, de lana gruesa, con zapatos de charol con un pequeño tacón. También me di cuenta de que eran los únicos que habían venido en un auto con chofer, quien parecía más simpático que toda la familia junta.

Algo me decía que debía visitar a Serafina así que la llamé, hablé con su madre adoptiva y le dije que pasaría a visitar a la niña al día siguiente, a la hora del té. La dama, la señora

Angela Wright, me dijo que la próxima vez no necesitaba llamarla; que simplemente hablara con la señorita Hopkins, institutriz de Serafina y su hija, y que ella se encargaría de arreglar mis visitas. Sentí que le molestaba que la hubiera interrumpido, quizás eran ideas mías. Me presenté en casa de Serafina al día siguiente. Se trataba de una enorme mansión con varios autos de lujo en la puerta, con mayordomo, sirvientas, institutriz, cocineros, jardineros y toda la corte de una familia real. Hablé con la señorita Hopkins, que era muy amable y dulce. Me daba gusto que por lo menos Serafina pudiera contar con la gentileza de los que servían en su casa. También vi a la pequeña Christine, hermana de Serafina. Parecía muy seria y caprichosa. Al conversar con Serafina, me dijo que estaba muy contenta en su nuevo hogar. No podía creer cuántos juguetes tenía y cuán grande era su casa. Me dijo que Christine era muy linda, que parecía una muñeca. Le pregunté que cómo se portaban todos con ella. Me dijo que todos eran muy buenos. Me alegraba saber que la pequeña Serafina se sintiera a gusto en su nuevo hogar. Quizás yo me había creado prejuicios infundados. De todos modos le dije que me llamara si necesitaba algo o si quería conversar. En las dos horas que estuve allí, no vi a ningún adulto, pero claro, solo habían sido dos horas. No me daba por vencida por confirmar cuán buenos eran los Wright, así que pedí a la señorita Hopkins que llamara a la señora Wright, pero esta me dijo que estaba ocupada y que no estaba segura de poder interrumpirla. Le pregunté qué estaba haciendo. Sabía que estaba siendo entrometida, pero igual me atreví a preguntar. La señorita Hopkins, nerviosa, me contestó que estaba tomando el té con su esposo en la biblioteca. Me pareció que no estaría interrumpiendo nada importante, así que insistí en verla. La institutriz se veía muy temerosa de hacer lo que le pedía. Bajó lentamente las escaleras, volvió a subir y luego bajó nuevamente; parecía que jugaba a las escondidas. La oí hablar con el mayordomo, y los dos discutían; finalmente regresó a decirme que la señora Wright estaría conmigo en unos minutos. Serafina y yo ya nos habíamos despedido, y ella se había marchado a su habitación. Christine también se había marchado, pero a otro lado de la casa. Esperé como quince minutos sin que nadie viniera a verme o a decirme nada. Finalmente apareció la señora Wright, con aspecto muy serio; vestía una falda oscura, una blusa blanca de raso, un cárdigan verde pastel, zapatos en punta con tacón muy alto color negros, llevaba un collar de perlas que debía de ser muy caro, con aretes que hacían juego. Me miró tratando de reconocerme. Me dijo: "¿Señorita Cárdenas?". Me acerqué y estreché su mano larga y fría, más bien helada; vi que sus uñas tenían un manicure perfecto, color rosa pálido. Me dijo: "¿En qué puedo ayudarla? Le dije que la señorita Hopkins podría ayudarla en todo lo que tuviera que ver con Serafina. Quizás no nos entendimos bien por teléfono, a veces hablo demasiado rápido". La manera en que se expresó me hizo entender que se refería a mi entendimiento del inglés; quería decir que seguramente no la había entendido porque yo no hablaba bien el idioma. Le dije que le había entendido perfectamente, pero que quería conversar con ella. Me dijo que una de las cocineras era de mi país, México, y que la llamaría para que hiciera de intérprete. La corregí diciéndole que no era mexicana sino peruana y que no necesitaba de ninguna intérprete. Sin reparar en lo que le había dicho, continuó diciendo: "Entonces, qué es lo que quiere?". Me hablaba con un tono muy arrogante, como si le molestara tener que escucharme. Simplemente le dije que Serafina era una linda niña y que esperaba que fuera feliz en su hogar. Y que si tuviera algún problema, que no dudara en llamarme. Me contestó: "Serafina tendrá lo que nunca tuvo en su país. Este será el paraíso para ella. Tiene mucha suerte de haber llegado a nosotros". Le dije que lo que más necesitaba la niña era cariño, que lo material no era tan importante. La señora Wright soltó una carcajada muy fuerte cuando terminé de hablar, como si hubiera dicho una estupidez. Me dijo que lo más importante en el mundo era la estabilidad social y económica, que era lo que realmente contaba en la vida; que cuando uno camina por la calle, nadie veía si uno llevaba amor, compasión y toda esa cursilería, sino que lo que veían era si tenía dinero, si era alguien importante, si tenía poder. No quise continuar hablando con la señora Wright. No había manera de hablar con alguien como ella sin terminar peleando. Sentí una gran tristeza por Serafina, pero vería cómo ayudarla.

XXI - Una vez más

Transcurrieron varios años, y yo continuaba interpretando, transcribiendo mis pergaminos, viviendo mi vida a medias sin saberlo. Terminé de trabajar en los últimos rollitos de Don Fernando:

Vigésimo segundo día de agosto del año de 1554
De mi bella Catalina nuevas desconozco por encontrarme una vez más en Trujillo. Esperanza no abrigo de que mi bella doncella de mí recuerdo alguno conserve. Intentar he de enviarle una misiva con uno de mis leales sirvientes. Al haber por mí llamado mi señor el Marqués en pos de encomendarme el censo de esta importante ciudad, respondí al instante viajando a este lugar sin percatarme de cuán grandiosa labor era la de contar a cada uno de los que aquí moran. Medio año ha transcurrido, y mis ojos sin ver a mi hermosa Catalina que ha de haber crecido más bella que cuando allá la dejé. Apresurarme debo a culminar mi faena y dejar esta ciudad, puesto que me encuentro más que tardío.
Fernando de la Piedra y Arévalo

Quinto día del mes de noviembre del año de 1554
Vivir sin Catalina transfórmase en un infierno y más aun al nada de ella saber en casi un año. ¿Habría enfermado la niña en todo el tiempo que llevo fuera o hasta desposado a algún mozo que de su padre la mano haya conseguido? Mi vida sin mi hermosa musa es vida que no fecunda y lejos de ella es tan triste

155

y se compara a la muerte. Las damiselas abundan por estos lares del norte y son jóvenes y hermosas, pero debido a que mi corazón a Catalina desde siempre pertenece no tiene mi mente cabida para ninguna otra bella.

Fernando de la Piedra y Arévalo

Todos estos años estaba convencida de que eran once los pergaminos que había encontrado pero, para mi sorpresa, al revisar con cuidado la cajita en la que guardaba los escritos (que era la misma en la que los encontré), pude recuperar, muy escondido y medio roto, un pergamino más. Me entusiasmaba la idea de que quizás en él estarían contenidas todas las respuestas a tantas de las preguntas que me había venido haciendo desde mi gran hallazgo. Decía:

Vigésimo cuarto día del mes de diciembre del año de 1554
Celebrando mi última noche de natividad en la ciudad de Trujillo, prepárome a zarpar al alba rumbo al viejo Trujillo de Extremadura. De menos he de echar a estas jóvenes tierras, mas de alguna manera olvidar espero allá poder lograr. Y si nuestro santísimo Dios de mi alma ha de apiadarse, alguna doncella a bien verá dar su corazón a este su esclavo para que en un día no lejano me haya de desposar. Muchos los años han sido desde que hubiera llegado y solo habría sufrido si por fortuna no hubiera topado con la que desde el primer día mi corazón hubo robado. Lealtad a mi señor he procurado desde siempre y hasta el final y de no haber sido por su viaje a Extremadura sepultado habríanme en esta tierra de frutos y de riquezas.

Fernando de la Piedra y Arévalo

¿Qué habría sucedido en más de año y medio en que Don Fernando dejó de escribir? Tanto tiempo sin haber logrado pedir la mano de Catalina parecía no ir con las costumbres de la época. ¿O era al contrario y se estilaban los noviazgos largos?

No entendía a ciencia cierta cuánto tiempo habían estado lejos Don Fernando y Catalina, pero algo me decía que había sido el fin para ellos. ¿Es que se habría hospedado en mi casa, que en esa época sería algún tipo de hotel? ¿Habrían logrado reunirse algún día? Al parecer Fernando viajaba entre Lima y Trujillo pero, ¿cuántas veces lo habría hecho? Sentí pena al leer que regresaba a España y, aunque no sabía con certeza lo que había sucedido entre él y Catalina, me apené mucho por ellos, por un amor que quedó truncado, frustrado. Me habría gustado, como siempre, saber más; pero si hubo algo que aprendí sobre el pasado, era que nunca lo conoceríamos por completo. Me moría por saber, pero no había manera de encontrar respuesta. Tendría que resignarme a lo poco que había podido captar en tantos años de trabajar en los pergaminos. Al dar la vuelta al último, noté unos diagramas, una equis trazada de manera temblorosa, unas rayas continuas, otras intermitentes, un par de círculos de distintos tamaños. No pude interpretar de qué se trataba; estaba cansada y no quería continuar trabajando.

Mrs. Dorothy, cada día más anciana, apreciaba mucho nuestro tiempo juntas, pero poco a poco ese tiempo se hacía más limitado ya que tuvimos que internarla en un hospital debido a su corazón, que se encontraba muy débil. Calculé que ya debería estar en sus ochenta y cinco años, más o menos. Siempre había sido una mujer muy sana, pero delgada. Al conversar con el médico, este me informó que pensaba que Mrs. Dorothy no viviría más de un par de meses, que su corazón estaba muy desgastado. Me apenó mucho saber que le quedara tan poco tiempo. Quise informar a su familia pero, aunque tenía dos hijos, Mrs. Dorothy no se mantenía en contacto con ellos. No los había visto en los diez años que había estado viviendo con ella. Al único pariente que recordaba haber visto era a Sean Higgins, hacía más de ocho años, y nunca regresó por la casa después de nuestra cena juntos.

Mrs. Dorothy nunca me había conversado acerca de su familia, pero me enteré de algunos detalles a través de los sirvientes que trabajaban en la casa. Parece ser que había sido una bella mujer, criada como una princesa, una dama de la sociedad rodeada de lujos y comodidades. En algún momento, cuando tendría unos veintitantos años, conoció al amor de su vida: un músico, muy bohemio él, que dejó huella muy profunda en su corazón. Pero, como era de suponerse, sus padres se oponían a cualquier tipo de relación con ese hombre. Más tarde, pasados los treinta años, se casó con Richard Starr Sharp, quien en algún momento cambiaría su nombre a Richard Sharp. Esta información es un poco confusa, porque me dicen que tuvieron un solo hijo, pero yo la había escuchado hablar de dos. Nunca llegué a saber el nombre del que supuestamente tuvo con el Richard Starr Sharp, por lo reservado que era todo en la mansión de Mrs. Dorothy y por no atreverme a preguntárselo directamente. Pienso que llevaría el mismo nombre que el padre, no lo sé. Había visto un par de libros en la biblioteca de la casa que llevan un sello con las iniciales "R. S.", pero no sé si serían del padre o del hijo; me imaginaba que eran de alguien joven por el tema de los libros (historias y aventuras de jóvenes), pero quién sabe, también podrían haber sido libros del padre, de cuando era joven. Bueno, resulta que el esposo de Mrs. Dorothy falleció después de una larga enfermedad que lo dejó postrado en cama por más de diez años. Desde la partida del Sr. Sharp, el hijo dejó la casa y nunca regresó al lado de su madre. No tengo idea de cuántos años atrás haya sucedido todo eso. Pero uno de los jardineros me relató que Mrs. Dorothy había apoyado a un grupo de muchachos de un pueblo aledaño; nunca la habían escuchado hablar de ellos directamente, pero la gente decía que era así. Se trataba de cuatro muchachos enamorados de la música folklórica del lugar; cantaban en fiestas locales, festivales, en lo que se ofrecía. Al parecer, llegaron a ser un grupo conocido en el área. Mi amigo el jardinero me mostró recortes periodísticos y de revistas que había logrado guardar no solo porque le intrigaba la conexión de los muchachos con Mrs. Dorothy, sino porque sus hijas eran grandes admiradoras de los muchachos. Vi la foto de cuatro chicos muy delgados, con piernas muy frágiles, vestidos en trajes formales, con solapa de terciopelo negro; llevaban un corte de pelo idéntico, como si se tratara de miembros de un coro de iglesia. Se veían muy angelicales y carismáticos, no me era difícil imaginar a todas las muchachas alocándose por ellos. Al pie de una de las páginas se leían sus nombres; solo los primeros nombres, como si se tratara de un grupo famoso que no necesitara mucha explicación. Leía algo así como "Mark, Peter, Richard y Harrison parten a conquistar al Tío Sam". Me propuse dedicar tiempo a seguir la carrera de estos músicos. Hasta ahora no he podido disponer de ese tiempo, pero un día me prometo hacerlo.

Aunque me intrigaba saber por qué Mrs. Dorothy no había estado en contacto con sus hijos y su familia, respetaba más aun su discreción y reserva, y no iba a romperla en ese momento. Si su familia no se había acercado a ella en el pasado, no solucionaría nada haciéndolo en ese momento. Traté de actuar con la cabeza y no con el corazón, y sobre todo con cautela, ya que se trataba de otra cultura con una mentalidad distinta a la mía.

Mrs. Dorothy falleció después de pasar cinco meses entre el hospital y la casa. Fue muy triste su partida, pero me sentí aliviada de verla descansar. Me apenaba regresar a su casa y no verla paseando por sus jardines, tomando el té en las tardes. Código también la extrañaba mucho. Estaba más viejo ahora y con las justas si se movía de la cocina, donde pasaba casi todo el día. Alisté mis maletas y pensé en mudarme a un apartamento en la ciudad, pero no estaba segura de si eso era realmente lo que quería. Al fin y al cabo, había llegado a Inglaterra para sacar mi maestría y eso lo había hecho hacía mucho tiempo. Quizás era tiempo de regresar a Trujillo con mi madre, que de seguro estaría más que contenta de tenerme a su lado. No sabía qué hacer. Llamé a mi hermana y le pedí que me aconsejara. A ella le encantaba la idea de que regresara con ellas porque me extrañaban mucho; además, la idea de que sus hijas conocieran de cerca a su tía la llenaba de alegría. Bueno, entonces estaba decidido, regresaría a mi país. Tenía muchos amigos; no tanto a través de mis estudios de maestría, sino que era gente vinculada a los "Amigos de 1552". Aparte de ellos no tenía ninguna otra relación con Inglaterra, puesto que había pasado todo mi tiempo recluida en la mansión de Mrs. Dorothy. Me arrepentía de alguna manera el no haber desarrollado un vínculo fuerte con el país que me había acogido, aunque no podía negar que eso había empezado a cambiar desde que había empezado con mis producciones de teatro. La comunidad me empezaba a conocer y yo a ella, pero eso era nuevo, cosa de apenas unos años atrás. De seguro mi hermana habría llevado su vida de otra manera. Pero bueno, esa era yo y esa había sido mi vida. Preparaba mis maletas haciéndome mil preguntas. ¿A dónde se había marchado el tiempo? ¿Qué me había consumido? Analizando mi vida mientras empacaba, llegué poco a poco a la conclusión de que todo había empezado —o terminado para mí— el día que buscaba el gran tesoro en los muros de la casona que demolían para construir nuestra nueva casa, el día que encontrara los diminutos pergaminos de Don Fernando. Pero lo que recién llegué a comprender era que sí se trataba de un gran tesoro, pero que era un tesoro del corazón. Eran los secretos de Don Fernando, su alma, y que se convertirían en secretos de mi propia alma. Finalmente comprendí que lo que había estado buscando y lo que me había mantenido obsesionada, a tal punto de echar mi vida a un lado, era algo que siquiera hubiera preocupado a Fernando. Él nunca quería saber más o aclarar cosas; todo lo que quería un hombre de su talla era desahogarse en esos doce pergaminos que se convirtieron en sus confesores. Muy a la manera de como mi hermana escribía en su libro rosa. Fernando nunca pretendió que lo que su corazón sentía fuera revelado y es por eso que escondió su verdad en los muros de Luque 687.

¿Cuán ciega pude haber estado? Tantos años enfrascada en aquellos que no necesitaban volver a la vida. Tanto querer tener la razón de todo, conocer la verdad absoluta, una verdad que no existía. El esquema con la equis grande y temblorosa, que en otro tiempo habría consumido mi tiempo y energía por investigar, ya no me interesaba en absoluto. Al sentarme frente al espejo, me di cuenta de que los años no habían pasado en vano y que ya no era la jovencita recién salida de la universidad, aquella muchacha que caminaba con sus tacones aguja y sus faldas apretadas cuatro cuadras de ida y cuatro de regreso de la casa a la tienda, todos los días. ¿A quién pertenecían esas canas? Y aunque mi rostro todavía lucía lozano, unas minúsculas arrugas empezaban a asomarse debajo de mis ojos que, en el pasado, habían sido mi más preciado orgullo. Prestándome atención, también noté que ya no tenía la silueta de la que tanto me jactaba. ¿Cuándo había ocurrido todo esto? Tendría que reaccionar de inmediato. Llamé a mi madre y la convencí de que viniera a visitarme, de que me portaría bien, como una mujer normal, que saldríamos de tiendas, que conversaríamos de nuestras cosas y que no la tendría encerrada mientras yo pasaba horas en la biblioteca con un motivo que ella ignoraba; porque cada vez que me refugiaba allí, era para buscar quién sabe qué información sobre mis pergaminos secretos. Le dije que había decidido dedicarme de lleno al teatro y que, si Inglaterra me daba otra oportunidad, le mostraría que estaba a gusto allí. Le ofrecí que viniera a vivir conmigo, pero me dijo que su vida estaba en Trujillo, que con gusto me visitaría pero que tendría que regresar a como diera lugar. También me hizo entender que podría compartir mi trabajo con ambos países, y quién sabe, con el mundo entero; no tendría que limitarme a una ciudad o país. Me recordó que yo siempre había querido viajar, que había sido mi sueño desde pequeña. Mi madre era realmente sabia. Ahora veía de dónde había sacado Elena esa intuición y habilidad para sobrellevar la vida. Esperaba que algún día yo también pudiera mostrar rasgos de esa herencia.

Mi madre accedió a venir y quedarse conmigo un par de meses. No sabía cómo explicar nuestra relación. Sí que conversábamos mucho durante mi juventud pero al mismo tiempo, reinaba en mi hogar esa reserva, esa discreción que se apoderaba de todo. Al mismo tiempo éramos unidas, quizás porque mi familia era pequeña. Su llegada me llenaba de felicidad. Me embargaba la alegría de pensar que podríamos charlar como solíamos hacerlo cuando vivía en Trujillo. El día de su llegada, lloré mucho al recibirla en el aeropuerto y luego cuando llegamos a mi apartamento. Le confesé cómo me sentía y cuánto quería poder recuperar el tiempo desperdiciado. Sabía que si alguien podría comprenderme, era mi madre. Le dije que me sentía muy fea y desaliñada. Ella sabía muy bien cómo me gustaría lucir; quería un cambio no solo físico, sino sobre todo anímico. Me di cuenta de que mi madre sentía compasión por mí porque no me contradecía en absoluto, accedía a todo lo que yo propusiera. Decidimos empezar por modernizar mi apariencia. Si alguien no nos conociera, habría pensado que mi madre era menor que yo. Me hicieron un corte de pelo al estilo de Katherine Hepburn e incluso me tiñeron las canas de un color negro oscuro que se parecía mucho al color natural de mi cabello. Me enseñaron a maquillarme de manera llamativa, con un lápiz delineador negro que aplicaron sobre la base de mis ojos, y pusieron una línea muy gruesa sobre mis párpados. Al comienzo, verme maquillada como estaba me hizo sentir como una extraña en mi propio cuerpo pero, al mirar a mi alrededor, me di cuenta de que las mujeres de mi edad estaban maquilladas como yo. Luego del salón de belleza, visitamos Harrods, donde compré un vestido muy alegre con diseños muy grandes y llamativos. También compramos un par de botas blancas de charol y una cartera muy linda que hacía juego con las botas. Cuando me miré al espejo, sonreí. No podía creer que era la misma mujer que hacía un par de días había estado llorando frente al espejo. Mi madre aplaudía al verme contenta y sentía que yo era su obra maestra.

Luego de pasar todo el día de tienda en tienda, regresamos a casa exhaustas. Me desplomé en el sofá de la entrada. Justamente en ese instante, el timbre sonó. Le supliqué a mi madre que no abriéramos, que quien fuera se marcharía al no encontrar respuesta. Estaba demasiado cansada para atender a nadie. Mi madre insistió en que abriera argumentando que no era correcto pretender no estar allí. Era una experta en hacerme sentir mal y en desempeñar muy bien el papel de la voz de mi conciencia. Así que me dejé convencer y, arrastrando los pies, con mis botas nuevas, caminé hacia la entrada del apartamento, contesté el intercomunicador y oí la voz de un desconocido que preguntaba por mí llamándome "Chela". No había escuchado ese nombre en años, quizás desde que dejé Trujillo, desde que llegué a Londres, desde que rompí con Armando. ¡Era obvio que se trataba de él! ¿Qué podía estar haciendo por aquí? Era un académico empedernido —bueno, más o menos como solía ser yo misma— y no podría haber abandonado sus clases, sus alumnos, sin más. Algo trágico debía de haberle sucedido. ¿Habría perdido su trabajo? ¿Estaría huyendo de la ley? De pronto empecé a sentir todo tipo de sentimientos, pero sobre todo una enorme compasión y preocupación por él embargaron mi corazón. Mi madre contemplaba mi rostro y sonreía. Al verla sonreír me di cuenta de que la presencia de Armando no era una casualidad o un acto espontáneo, sino que él y mi madre habían planeado su visita. Me tranquilizó mucho pensar que nada malo estuviera ocurriendo en la vida del hombre a quien siempre había amado. Lo único que me entristeció nuevamente fue recordar que el corazón de Armando ya no me pertenecía, sino que su dueña era María Cecilia Vega. ¡Qué amargo recuerdo pensar en lo amable, delicada y bonita que era María Cecilia! ¡Si por lo menos pudiera odiarla! Pero me era imposible hacerlo porque era la muchacha más angelical que había conocido; y de no ser porque desposara a Armando, de seguro seríamos las mejores de las amigas.

Después de tanto darle vueltas al pasado, reaccioné y contesté firmemente a Armando: "¿Qué haces acá?", le reclamé. Muy cortésmente me contestó: "He venido a verte, Chela. Necesito hablar contigo". No podía negar que me emocionaba el solo pensar que podríamos vernos cara a cara nuevamente después de tantos años, quizás habían sido más de once. De inmediato pensé que, de todos los días, este era el mejor para reencontrarme con un amor del pasado, un día en que me veía tan bella como Katherine Hepburn (o al menos mi peinado se le parecía). Mi nueva apariencia no era pura casualidad, sino que mi madre tenía que ver con todo esto. No la incriminé ni le dije nada, sino que me dirigí, sin pronunciar palabra, a abrir la puerta. Por dentro me decía a mí misma: "Graciela, ten valor, no te vayas a desmayar, ten valor". Respiré profundamente y abrí la puerta. Delante de mí estaba este hombre apuesto. Había visto a muchos hombres en mi vida, pero la verdad era que no les había prestado mucha atención, porque todo lo que me había interesado hasta el momento era encontrar información en bibliotecas, museos, libros; no había prestado atención a sus fisonomías. ¡En qué mundo había estado viviendo! Armando se veía más apuesto de lo que yo recordaba. Me llamó la atención que llevara un bastón, aunque pensé que le daba un toque de distinción y elegancia. Se veía tan bien, alto, fornido, con unas espaldas anchas, propias de un nadador de estilo mariposa. Vestía un traje gris con unas rayitas muy finas de un tono amarillo, con solapas anchas. Llevaba un suéter de cuello alto color amarillo bajo, que hacía juego con las rayitas de su traje. Al mirarle a la cara pude reconocer esos ojos grandes, almendrados, color oscuro, con unas pestañas rizadas, muy grandes. Había algo nuevo en su rostro, unos bigotes que empalmaban con una barba delgada, casi al ras de la piel y se unían a los lados de la cara a unas patillas inmensas. Aunque el cabello de Armando era entrecano, le daba un toque interesante al conjunto de su apariencia. Era la primera vez que me percataba de cuán alto era; yo le daba apenas en el hombro, con mis botas nuevas y todo.

Armando sonrió al verme. Creo que le gusté porque me recorrió con la mirada de arriba abajo con una gran sonrisa de aprobación. Sentía que era la primera vez que lo veía; éramos dos personas totalmente diferentes, por fuera y por dentro. No tengo idea dónde estuvo mi madre todo este tiempo porque, aunque mi apartamento era muy pequeño y no había manera de esconderse, no estaba por ninguna parte. Armando se me acercó apoyado sobre su bastón y quiso besarme en los labios. Casi se lo permito porque ganas no me faltaban, pero fui firme y le dije: "Armando, por favor". El sabía que le reclamaba su condición de hombre casado. En ese momento, me tomó de la mano y me dijo con dulzura: "Chela, mi amor, cómo crees que estaría aquí si no fuera porque soy un hombre libre?". ¿De qué me estaba hablando? ¿Qué había sucedido con María Cecilia? Le supliqué: "Armando, ¿qué ha sucedido? ¿Dónde está tu esposa, tu familia? ¡Contéstame!" Le hacía todo tipo de preguntas, una tras otra, y no dejaba que hablara. Finalmente, sujetándome de las manos, me dijo: "Mi amor, María Cecilia era una gran mujer, pero en todos estos años vivimos una pesadilla juntos. Creíamos querernos, pero con el transcurso del tiempo nos dimos cuenta de que lo nuestro no era amor sino respeto y compasión mutuos. Siempre estuve muy agradecido a lo mucho que Don Leopoldo hizo por mí, cuánto me ayudó para que consiguiera las cátedras en la universidad, y María Cecilia siempre estuvo allí. Cada vez que iba a ver a Don Leopoldo, conversábamos pero no nos comprendíamos sino que respetábamos la opinión del otro con delicadeza. Después de casarnos, María Cecilia quería tener familia, y lamentablemente no pudimos lograrlo. Ella se puso muy triste y se aisló por completo del mundo, de sus amigas, de su arte, ya no quería escribir más. Le supliqué que hablara con alguien, amigas, su madre, que tratara de volver a la vida que siempre había gozado. Aunque siempre fue muy dulce conmigo, poco a poco se fue distanciando más de mí. Vivíamos una vida simple pero bastante triste, porque al fin y al cabo sabíamos que nos teníamos cariño pero eso era todo. De cualquier modo siempre respetábamos nuestra relación y tratábamos de simplemente convivir. En nuestro décimo aniversario de bodas, decidimos viajar a donde habíamos ido muchas veces, Canta, a pasar unos días tranquilos. Salimos tarde por la noche porque yo tenía mucho trabajo y no pude desocuparme antes. Estaba muy cansado y, no sé cómo, me quedé dormido un par de segundos en la carretera. Mi error fue suficiente para que nos chocáramos con un camión que venía en dirección contraria a nosotros. Gracias al conductor del camión, logramos obtener ayuda en un par de horas. Yo tenía una pierna en muy mal estado, pero María Cecilia se llevó la peor parte. Al llegar al hospital, me dijeron que estaba en coma y que probablemente quedaría descerebrada. Mi familia llegó a verme, y juntos rezamos mucho por ella. El Señor se la llevó a la semana del accidente. Nunca despertó. Sus padres también estuvieron con nosotros en el hospital. No sabes lo duro que era para mí estar con ellos, me sentía culpable de lo que le había sucedido a su hija. No había sabido cuidarla. Sus padres nunca me hicieron sentir culpables, solo recibí palabras de consuelo de su parte. Sufrieron mucho con la partida de su única hija, pero nunca perdieron la entereza. Me prometieron apoyarme siempre, en lo que necesitara.

"Los médicos no lograron salvar mi pierna derecha. Pasé varios meses en rehabilitación, acostumbrándome a vivir sin una pierna. No fue nada fácil. Entré en una grave depresión que duró varios meses. No solo era la pierna, sino que continuaba culpándome por la muerte de María Cecilia. Pero poco a poco, con la ayuda de mis padres, los padres de María Cecilia y un grupo de la iglesia a la que estos pertenecen, logré superar mi problema. Acepté que Dios disponía de nuestras vidas, que me estaba presentando una segunda oportunidad y que no debería desperdiciarla. Así que por eso estoy aquí, frente a ti, mi amada, mi vida, mi querida Chela. Aquí, de rodillas, te pido nos demos una segunda oportunidad; no dejemos pasar este milagro de Dios, te ruego aceptes ser mi esposa".

No podía creer lo que me estaba sucediendo. Después de haber echado mi vida por la borda, de haber rechazado al hombre de mis sueños, de haber desperdiciado más de diez años buscando a personas, bueno, a nombres de personas que quizás no se estarían buscando si estuvieran vivas, después de todo, tenía la oportunidad de retomar mi vida con el hombre que me quería, con el hombre que me había mostrado que el mundo era bello. ¡Dios era grande y era bueno conmigo! No pude pensar en qué decir, sino que simplemente me empiné lo más que pude para poder alcanzar a Armando, cogí su rostro con ambas manos y le di el beso más apasionado que había pensado podía dar en mi vida. Armando sabía cuál era mi respuesta y correspondió a mi beso. En ese momento, quién sabe de dónde, salió mi madre muy contenta, con una botella de champaña y vasos, lista para festejar. Empezamos a planear la boda. Mi familia era muy pequeña, apenas mi madre y mi hermana que vendría a Londres con su marido y sus dos hijas. La boda sería allí porque yo todavía estaba trabajando en una de mis producciones y no quería abandonar a mis compañeros. Armando tenía un par de buenos amigos que también vendrían a la boda. Sus padres eran muy ancianos y no podrían viajar. Decidimos que la ceremonia sería muy privada y casi de inmediato.

Elena llegó a tiempo para ayudar a mi madre a conseguir que tuviéramos una pequeña recepción después de la ceremonia en la iglesia. Sus hijas, aunque pequeñas (de apenas siete y cinco años), se daban cuenta de los preparativos y corrían sin parar por todos lados, contentas de que hubiera algo que celebrar, aunque no las alegraba mucho pensar que no hubieran otros niños de su edad. Mi madre mandó preparar una torta muy hermosa, de tres pisos, con unas rosas que caían a los costados. También contrató a una joven que se encargara de ver que nuestros invitados, apenas diez o doce, fueran atendidos como debía ser. ¡Yo estaba tan entusiasmada con todo que casi me olvido de mi vestido! ¿Qué tipo de vestido conseguiría en tan poco tiempo? Elena sugirió que fuéramos a algún lugar donde tuvieran alquiler de vestidos de estreno. La idea no me gustó, porque pensé que mi boda era un momento tan importante que merecía un vestido que pudiera guardar y luego mostrar a mis hijos y nietos. Luego me puse a pensar en María Cecilia y en cómo su boda, su fiesta, su vestido, habían sido dignos de una reina. Lo que importaba era que Armando y yo teníamos una segunda oportunidad para ser felices y que la comida, bebida, ropa eran aspectos que adornaban la ocasión pero no eran lo más importante. Así que la idea de mi hermana se convirtió en una gran solución a mi problema. Fuimos juntas a una enorme tienda de departamentos y vimos un par de vestidos muy hermosos, muy dramáticos; ninguno me satisfacía, eran demasiado para la pequeña ceremonia. Nos agotamos viendo traje tras traje, así que decidimos regresar a casa e intentar nuevamente al día siguiente. Apenas a unas dos cuadras de mi apartamento, en una *boutique* muy pequeña, cautivó mi atención un vestido que parecía que tenía mi nombre escrito sobre él. Era perfecto para mí: de color crema, de satén, el largo llegaba un poco más abajo de la rodilla, tenía unos diseños de pedrería muy elegantes que se unían a la altura de la cintura, con una especie de lazo hecho de las mismas piedras. Allí también encontré el par de zapatos perfectos para la ocasión, del mismo color que el vestido. No quería ponerme un velo grande, así que conseguí un sombrerito crema que tenía un pequeño tul, que apenas cubría un poquito la frente. Todo lo compré, pero estaba segura podría usarlo en otra ocasión, algún día. Me encantaba lo que habíamos conseguido.

Con tanto apuro me sentí mal al pensar que no había hablado con Armando para preguntarle si necesitaba algo, si podía ayudarle a buscar el traje que quisiera. Al llegar a casa, lo llamé a su hotel, y allí estaba muy tranquilo. Me dijo que había traído un traje especialmente para la ocasión porque sabía que nuestra boda sería pronto y que tendría que venir preparado. ¡Qué hombre tan sutil era Armando! Me encantaba pensar que supiera que me moría por él y que su amor era correspondido.

Llegó el día de nuestra boda. La ceremonia fue hermosísima. Me emocioné mucho y me apenó pensar que mi padre no pudiera haber estado con vida para verme caminar hacia el altar, justamente del brazo del hombre a quién él había querido tanto. Al mirar a mi madre, vi una lágrima correr sobre su mejilla. Mi madre me adoraba, y yo a ella. Elena se emocionó también, me imagino que se ponía a pensar en todo lo que habíamos pasado juntas y quizás también en que finalmente yo le seguía los pasos a ella y a Julio. Quizás también pensaba en que un día tendría que revivir esa escena con sus pequeñas Beatriz y Magdalena. Este era el día más feliz de mi vida. Armando y yo juntos, para siempre.

Mi madre y mi familia regresaron a Trujillo. Me dolió mucho verlos partir. Era lindo estar rodeada de todos. Los extrañaría mucho. Al poco tiempo me escribió mi madre para contarme que había pensado en cerrar la Relojería Berna, ya que le era difícil continuar el trabajo de mi padre con la ayuda de los empleados que tenía; no era lo mismo sin él. Al mismo tiempo, quería abrir una pastelería; se llamaría Pastelería Berna, donde todos podrían deleitarse con las delicias típicas del país de mi padre. Me preocupaba que mi madre no pudiera manejar un negocio del tamaño de lo que me anunciaba que sería esta nueva pastelería. Como leyendo mi pensamiento, me escribió: "No te preocupes, tu hermana y Julio me estarán ayudando, y tú y Armando son bienvenidos a unirse a nosotros si así lo desean. Sobre financiamiento, aparte de lo que reciba con la venta de la Relojería Berna, sucedió algo que no me vas a creer. Bien sabes que no soy una persona que crea en los juegos de azar. Tu padre siempre jugaba a la lotería, y yo me reía, sin decírselo, de su ingenuidad. Incluso el día que falleció, encontré un boleto en el bolsillo de su traje. Bueno, me animé a jugar algo rápido; le llaman los "tres de una vez". Solo necesitaba tres números, entré "6, 8, 7", y... ¡Gané! Yo tampoco lo podía creer, pero es cierto. No es una fortuna, pero nos va a ayudar para sentirnos tranquilos los primeros meses. Así que deja de preocuparte". Increíble, realmente.

Como parte de su carta, venía también un pequeño folleto que anunciaba clases de ballet. Me llamó la atención que mi madre no mencionara nada al respecto en su carta. Al abrir el folleto, e incluso a mirar nuevamente el frente de este, advertí que se trataba de una escuela de baile que había abierto mi primo Ángel, hijo de un primo lejano de mi madre. Habíamos gozado poco de él porque casi nunca asistía a las reuniones familiares. Sus padres nos decían que estaba ocupado, otras veces enfermo. Las pocas veces que lo vi, logré congeniar mucho con él; quizás porque ambos éramos unos soñadores empedernidos, y pensábamos que algún día todos nuestros idealismos y anhelos se cumplirían. Sabía que guardaba algo, pero no atinaba a ver qué era. Cuando conversábamos de nuestras pasiones, de lo que nos gustaba hacer, aunque parecía deportista, no mencionaba ningún deporte. Al ver su folleto, me sentí muy contenta por él. Había logrado su sueño y esperaba que pudiera aferrarse a él. No nos manteníamos en contacto. Esperaba saber de sus éxitos pronto.

XXII - Un hermoso regalo

Armando y yo pensamos que el viaje de bodas más apropiado sería ir a visitar a mi abuela y mi familia en Berna. La abuela y demás estarían muy contentos de conocerlo, sobre todo al saber que mi padre lo había querido tanto.

Pasamos tres semanas maravillosas en Suiza, dos de las cuales las concentramos en conocer mejor a mi familia. Mi abuela Jutta quedó encantada casi de inmediato con Armando, a quien no dejaba ir a ningún lado solo; lo agarraba del brazo y juntos caminaban por toda la casa. ¡Qué alegría habría sentido mi padre al verlos! Me emocionaba verlos conversar y reír juntos.

Al regresar a Londres, empezamos a pensar en cuándo regresar a Trujillo, ya que consideramos era el lugar ideal para nosotros. Aunque Armando había vivido muchos años en Lima, sabía cuánto quería yo estar cerca de mi madre, y él sentía la misma necesidad respecto a sus padres. También quería hablarle de una idea que me había estado circulando la cabeza durante varios meses, pero que recién ahora podría hacer realidad, ahora que tenía un esposo. Quería adoptar a Serafina. Armando, tan bueno como era, se emocionó con la idea. Él también había sufrido mucho pensando en las víctimas del setenta. No dudó ni un minuto y accedió a mi petición. Sabía que los trámites serían fáciles; la señora Wright no tenía ningún interés en Serafina. Le daba igual si vivía o no en su casa. Siempre me preguntaré por qué decidió adoptarla. Creo que, si le ofrecía adoptar a su hija Christine, también habría accedido.

Serafina llegó a vivir con nosotros y llenó nuestra vida de alegría. Su entusiasmo y las ganas que le ponía a todo me recordaban a mi hermana. Armando y su nueva hija lograron desarrollar un lindo vínculo. No había lugar al que él fuera sin que la pequeña quisiera ir también. A veces tenía celos de lo bien que se llevaban, pero la dulce Serafina no dejaba que me sintiera excluida, sino que siempre me llamaba a unirme a todo lo que hacían.

Volvimos a concentrarnos en nuestro regreso al Perú y, cuando estábamos volcados sobre nuestros planes, nos dimos con la sorpresa de que los abogados de Mrs. Dorothy deseaban que asistiera a una reunión con ellos. Pensé de inmediato en que la dulce dama de seguro me había dejado alguna de sus pertenencias. Me halagaba mucho la idea; siempre había sido tan fina y considerada conmigo. Mi gran sorpresa fue enterarme de que lo que Mrs. Dorothy me había heredado era más que alguna antigüedad; lo que me dejaba eran todas sus propiedades. ¡Yo, Graciela Cárdenas, era su única heredera! No lo podía creer; sabía que Mrs. Dorothy era una mujer sumamente rica, con varias propiedades en Inglaterra e incluso en Francia (había escuchado tenía una casa en el sur del país). Armando y yo no podíamos salir de nuestro asombro. Al hablar con mi madre y darle la noticia, quedó tan impresionada como nosotros.

Después de mucho pensar en qué hacer con nuestras vidas, llegamos a la conclusión de que lo mejor sería, sin duda, hacer lo que propusiera mi madre en el pasado: escoger un lugar como base, en este caso Trujillo, y desde allí viajar a los puntos en que tuviéramos otros intereses. Mi vida junto a Armando era todo lo que jamás pude soñar, no habría querido nunca nada más. La fortuna que Mrs. Dorothy me heredó fue un gesto que me tocó el alma. En honor a su generosidad, pensé que la mejor manera de utilizar lo que había recibido era establecer una escuela de teatro que impartiera lecciones gratuitas a niños y adolescentes. La escuela funcionaría precisamente desde la casa de Mrs. Dorothy. De pronto me vino a la mente ponerme en contacto con mi primo Ángel y ver si podía ayudarme con la escuela, o por lo menos darme sugerencias sobre lecciones de baile para los niños. Sería una buena manera de entablar contacto después de tanto tiempo. Aparte de la escuela, y pensando en Timoteo, se me ocurrió abrir un refugio temporal para animales salvajes heridos. El edificio al que se refiriera Sean Higgins en el pasado me pareció el lugar ideal. Esperaba que la amable dama estuviera contenta si pudiera ver lo que trataba de hacer con su fortuna.

Estuvimos muy ocupados gozando de nuestra nueva posición económica. Desde que tengo uso de razón, no recuerdo haber pasado hambre o necesidad, pero nunca había tenido tanto dinero. Sentía que no lo necesitaba y sabía que Armando pensaba igual que yo. Él deseaba continuar trabajando, enseñando en Londres, en Lima, en Trujillo o donde tuviéramos que estar. Dios nos había dado mucho, más de lo que necesitábamos. Mi madre compartía nuestra manera de pensar, así que se alegró mucho al saber de la escuela y del refugio. Me dijo que mi padre habría estado muy orgulloso de mí. Lo que sí quería asegurar era que mi madre, mi hermana, mi abuela y la familia de Armando pudieran disfrutar, aunque fuera un poco, de la generosidad de Mrs. Dorothy. Envié a cada uno un cheque por un monto más o menos equiparable. Les dije que había sido Mrs. Dorothy quien en vida habría querido hacerles ese regalo.

Para mi sorpresa y la de Armando, después de casi nueve años desde nuestro primer encuentro, se apareció en la mansión Sean Higgins. Me sorprendió la manera en que se condujo; muy cortésmente, sumamente simpático, hasta parecía una persona completamente distinta. Armando sintió afinidad con él de inmediato. No quise entrometerme y no mencioné palabra sobre nuestro encuentro del pasado.

Higgins venía a ofrecer sus servicios en cualquier cosa que necesitáramos, según dijo. Me sonaba un ofrecimiento muy convenido, precisamente ahora que Mrs. Dorothy ya no vivía y cuando sabía que los dueños de todo éramos nosotros. La reacción normal habría sido de odio contra nosotros, creía yo. Nos invitó a su casa para que conociéramos a su esposa e hijos. Armando aceptó la invitación. Yo continué guardándome mi opinión sobre Higgins. Quería ver hasta dónde llegaba.

Llegó el domingo y, después de asistir a misa, nos alistamos para ir a visitar a Higgins y su familia. Vivían a media hora de nuestra casa. Hacía un día maravilloso, con mucho sol. Al llegar a la dirección que nos dio, quedamos sorprendidos al ver que se trataba de una enorme mansión con muchas hectáreas de jardines verdes, con flores, árboles, cercas detrás de las cuales pudimos ver dos hermosos caballos. También vimos lindos perros de caza. Al fondo pudimos ver un campo donde había una red para jugar bádminton y alrededor de la cual jugaban varias personas, vestidas de blanco. Continuamos avanzando a través del camino que nos llevaba directamente al frente de la casa, donde estacionamos el auto en una especie de media luna; justamente ahí nos esperaba un sirviente que tomó las llaves del auto de las manos de Armando, me ayudó a bajar y procedió a estacionar el carro en un lote más lejano. Nos acercamos a la entrada de la casa y fuimos recibidos por Higgins y su esposa; una mujer joven, menor que yo, rubia, alta, de ojos de un color azul intenso, de muy buena figura, vestida en un traje de una sola pieza, entallado, color verde oscuro, con flores grandes de color amarillo; llevaba tacones altos color amarillo, exactamente a tono con las flores de su vestido; aunque no usaba ningún collar ni aretes, pude ver que llevaba un hermoso brazalete lleno de brillantes que resplandecían muy fuerte y casi me cegaban; su anillo de compromiso y su anillo de bodas eran preciosos, también con muchos brillantes. Higgins lucía tan bien como siempre, con un traje impecable, zapatos brillantes y con un pequeño pañuelo blanco en la solapa de la chaqueta. Nos abrazaron y nos hicieron pasar. De inmediato llamaron a sus hijos, que eran tres niñas pequeñas, y luego vino una niñera cargando a un bebé de apenas cuatro o cinco meses, un varón. Las niñas, que tendrían seis, cuatro y tres años, nos sonrieron y regresaron corriendo a lo que estaban haciendo, quizás jugando en sus habitaciones. La niñera se marchó con el bebé luego de que admiráramos cuán grande y hermoso era. No podía negar que Higgins tenía una casa preciosa, una bella esposa y unos hijos adorables. Él mismo parecía simpático, otra persona.

Yo no sabía en qué momento Higgins traería a colación la herencia de Mrs. Dorothy, pero estaba dispuesta a no decir palabra al respecto si es que no hablaba de ello. Pasamos una tarde muy amena hasta que en un momento, casi a punto de regresar a casa, Higgins me dijo: "Entiendo que mi tía te ha heredado toda su fortuna. Me gustaría que conversáramos sobre una posible manera de asociarnos en el futuro. Soy un empresario con mucha experiencia y puedo asesorarte en lo que necesites para poder controlar la gran fortuna que ahora posees". Agradecí a Higgins su ofrecimiento pero le dije también que pensábamos regresar a nuestro país. En realidad no estaba segura de que fuera así, pero no quería nada que ver con él; no era una persona de confiar, me lo había demostrado en el pasado y me lo confirmaba ahora con su manera siempre tan calculadora de hacer las cosas. Sabía que era una persona de la que debía cuidarme, así que preferí ser diplomática pero al mismo tiempo guardar distancia. Nos despedimos luego de haber pasado toda la tarde con él y su familia. Luego de que relatara a Armando mi encuentro con Higgins hacía casi nueve años, coincidió conmigo en que era un hombre con el que era mejor no tener ninguna relación. Trataríamos de evadirlo en el futuro. Me imagino la cara que puso al enterarse del nuevo refugio para animales heridos.

XXIII -Algo viejo

Nos invitaron a la boda de una sobrina de Armando que no vivía muy lejos de Londres. Se había criado desde los cinco años en Inglaterra porque su padre, un primo hermano de Armando, había sido destacado allá por su trabajo con una compañía petrolera. Al jubilarse, regresó a Lima, pero sus hijos ya se habían establecido en Inglaterra y decidieron quedarse. Armando no conocía a ninguno de sus sobrinos, estaba un poco nervioso sobre cómo reaccionarían al conocerlo. Traté de hacerle sentir mejor diciéndole que de seguro la química sería grande, ya que se había llevado tan bien con su primo; sus hijos tendrían que parecérsele mucho. Además, su primo y su esposa también vendrían a la boda, de modo que se sentiría completamente a gusto. Todo sonaba muy lógico, pero igual continuaba pensando en dar una buena impresión. Le aseguraba que todo saldría bien, que no debería tratar de ser nadie más que él mismo. Me imagino que todo le sonaba tan trillado. Nunca lo había visto tan tenso desde que lo conocía, siempre había mostrado ser muy seguro de sí mismo. Traté de ponerme en su lugar pero no logré entender su preocupación; yo había tenido que conocer a un grupo grande de familiares en Suiza y había sobrevivido sin problema. Lo bueno fue que Armando y su sobrina Catalina, la novia, lograron hablar por teléfono varias veces y, desde el primer momento, se habían llevado muy bien, como si se conocieran de toda la vida. Así que para cuando tuvimos que viajar, Armando ya sentía el parentesco muy cercano.

Oí hablar tanto de Catalina, quien tenía veinticuatro años, que me moría por conocerla; parecía tratarse de una muchacha muy especial. Sentía curiosidad por ver cómo era, por hablar con ella. Viajaríamos por tren el viernes, la boda sería el sábado al mediodía, y regresaríamos a Londres el domingo por la tarde. Mi amiga Sharon, con la que mantuve amistad desde que nos conocimos en casa de Mrs. Dorothy, cuidaría de Serafina, ya que esta no podía perder un paseo que tenía con la escuela durante ese fin de semana. Me alisté lo mejor que pude, aunque ya nada me quedaba muy bien; pretender tener la figura de hacía unos meses era ridículo, pero no había tenido tiempo para comprar un traje especialmente para la boda. Al mirar en mi armario, solo encontré un vestido al que podría hacer un par de alteraciones y sería perfecto para mis cinco meses de embarazo: mi vestido de boda. Le quité el elástico que ceñía la cintura y quedó perfecto; incluso pensé que, si algún día tendría que volver a ponerle el elástico, no sería muy difícil hacerlo.

Llegó el viernes por la tarde, y tomamos el tren hacia Cornwall Hills. Llegamos sin problema. Yo estaba un poco cansada, y mis tobillos eran testigos del cansancio, estaban hinchados como dos berenjenas. Tendría que hacer un esfuerzo supremo para poder ponerme los zapatos de tacón bajo que había traído. Al llegar a casa de los sobrinos de Armando, conocí a Leonor, Mateo y Pablo, hermanos de la novia. El primo Gustavo y su esposa Carlota llegaban en un vuelo cerca de la medianoche. Me moría por conocer a Catalina. Me dijeron que no estaba, que había salido a verse con sus amigas, a una fiesta de despedida de soltera que le ofrecían sus compañeras de la universidad. La esperé en la sala postrada en un sofá, con los pies en alto, para que al día siguiente me alcanzaran en los tacones bajos. Armando y sus sobrinos fueron al aeropuerto a recibir a Gustavo y a Carlota. Eran casi las diez cuando escuché a alguien correr en la sala. Era ella, Catalina; una muchacha alta, delgada, de tez color canela, con cabello rizado, castaño, largo, con unos ojos grandes, color caramelo, una verdadera belleza. Al escucharla hablar, pude detectar un fuerte acento español en su hablar; me dijo que en la escuela aprendían el español de España y por eso lo del acento. Yo estaba fascinada con Catalina. Me parecía una muchacha increíble, inteligente, muy bonita también. No se veía nada nerviosa con lo de la boda. Me imagino que debía de estar muy enamorada. Se me ocurrió entonces preguntar por el novio; de dónde era, qué hacía. Me contó que era español, que estudiaban juntos historia en la universidad. Le llevaba unos buenos años, era muy galante y protector, quizás porque era mayor que ella. En ese momento, tocaron a la puerta y llegó un hombre muy apuesto, de cabellera negra y crespa, de piel bronceada, ojos grandes y verdes; era alto, muy guapo. Al llamar a Catalina por su nombre, pude escuchar un timbre muy bajo, muy masculino. Entonces Catalina me dijo: "Graciela, te presento a mi novio, Fernando Piedra". Pasamos un par de horas conversando, riendo. Armando se nos unió más tarde, junto con los tíos y demás primos.

Era obvio cuánto se amaban los novios. El simple hecho de verlos caminar tomados de la mano me recordaba a Armando y a mí caminando por el parque, cuando nos conocimos, en Trujillo. Me emocionaba pensar que otra pareja se amara como nos amáramos Armando y yo y como seguíamos amándonos. Pensé que envejecía, porque también reflexioné sobre Serafina y cómo esperaba encontrar al amor de su vida, un hombre que supiera valorarla, que la tratara como a una reina, que fuera su caballero, su príncipe azul. E incluso pensé en mi bebé; fuera niño o niña, pensé en que algún día encontraría a su alma gemela, de la que no se separaría nunca. En ese momento en que estaba en mi propia burbuja —como solía hacer a través de mi vida—, por primera vez desde que llegué a esa casa me di cuenta de que había una enorme pintura de un hombre que me parecía muy familiar; un hombre con bigotes y pelo castaño rojizo, de ojos grandes verdosos, de unos cuarentitantos años, delgado, de mentón fuerte, de manos finas, con dedos largos. Era la imagen de alguien familiar, pero ¿quién era? Catalina vio lo intrigada que estaba contemplando la pintura. Me dijo que era una pintura prestada de la casa de su novio, querían ponerla en la antesala del edificio donde sería la recepción después de la boda. Aparentemente era un retrato que había pertenecido a la familia de Fernando durante varias generaciones. Catalina había estado decidiendo entre un cuadro de un paisaje toscano y el de un jarrón y frutas pero, al ver el cuadro en casa de Fernando, se había enamorado de él.

La casa había estado muy tranquila, solo Catalina y yo conversando en la sala, cuando de pronto se llenó de bulla, de carcajadas y alegría al llegar la comitiva del aeropuerto con Gustavo y Carlota. Pasamos un buen rato conversando, conociéndonos, hasta que tuve que abandonarlos a todos porque el cuerpo ya no me daba para seguir despierta. Estoy segura de que continuaron charlando un buen rato después que me marché.

Al día siguiente, todo estaba listo para la boda. La novia, que el día anterior pareciera tan tranquila, hoy estaba hecha un manojo de nervios. Yo le aseguraba que todo estaría bien, que se veía preciosa, que sus hermanos y padres se habían asegurado por que todo saliera como deseaba. Se veía radiante; tenía el cabello recogido de una manera muy romántica, con un moño que hacía que los rizos cayeran a los lados de su cara, adornando su rostro. El vestido era hermosísimo, con flores diminutas en la parte inferior de la falda que era muy amplia, con varias enaguas que hacían que el vestido flotara alrededor de la novia a casi un metro de distancia alrededor de sus piernas, dando la impresión de que se trataba de una princesa salida de un cuento. Todo parecía perfecto a excepción de la tensión que mostraba Catalina. Trataba de tranquilizarla conversando con ella. Fue entonces que me dijo que sus amigas le habían dicho la noche anterior que necesitaba cuatro cosas para que le fuera bien en su matrimonio; sabía que eran tonterías, pero igual quería cumplirlas. Necesitaba algo nuevo, algo viejo, algo azul y algo prestado. Bueno, por lo nuevo, decidimos que el traje cumplía los requisitos; lo de viejo lo saltamos; azul coincidió ser el color de las flores de su bouquet; para algo prestado, su hermana Leonor le había prestado las medias cuando las suyas se corrieron de tanto nerviosismo. Lo viejo debería ser fácil, era lo único que nos faltaba. Sin pensarlo dos veces, corrí a mi habitación, abrí mi preciada cajita de madera con piedras rojas en las esquinas, bajé corriendo las escaleras casi tropezándome en los peldaños, entré a la sala donde estaba Catalina y le dije: "Aquí tienes algo muy viejo", y aseguré con ganchillos los diminutos pergaminos alrededor de su enagua.

Índice

Editorial LibrosEnRed

LibrosEnRed es la Editorial Digital más completa en idioma español. Desde junio de 2000 trabajamos en la edición y venta de libros digitales e impresos bajo demanda.

Nuestra misión es facilitar a todos los autores la **edición** de sus obras y ofrecer a los lectores acceso rápido y económico a libros de todo tipo.

Editamos novelas, cuentos, poesías, tesis, investigaciones, manuales, monografías y toda variedad de contenidos. Brindamos la posibilidad de **comercializar** las obras desde Internet para millones de potenciales lectores. De este modo, intentamos fortalecer la difusión de los autores que escriben en español.

Ingrese a **www.librosenred.com** y conozca nuestro catálogo, compuesto por cientos de títulos clásicos y de autores contemporáneos.